魔法十年屋 ②

我把時間送給你

文 廣嶋玲子
圖 佐竹美保
譯 王蘊潔

魔法十年屋2 我把時間送給你

目錄

序章

有些心愛的物品，即使壞了也捨不得丟。

正因為是充滿回憶的物品，所以也希望可以把它們好好保管在某個地方。

無論是有意義的物品、想要保護的物品，或是想要保持距離、不想見到的物品……

如果您有這樣的物品，歡迎光臨「十年屋」。

本店將連同您的回憶，妥善保管您的重要物品。

1 心愛的小提琴

「趕快給米米。」

十四歲的康雅聽到媽媽這麼說，忍不住瞪大了眼睛。

康雅搞不懂為什麼會這樣，而且她做夢也沒有想到，媽媽竟然會提出這種要求——要她把小提琴送給表妹米米。

「那是……我的小提琴。」

「但你不是完全沒在拉琴了嗎？而且從兩年前開始，你就再也沒

上過小提琴課，即使留著小提琴也沒用了啊。」媽媽說。

「……」

「米米說以後想當小提琴家，準備去上小提琴課。既然我們家有一把沒在使用的小提琴，她再去買一把新的小提琴，這樣不是很浪費嗎？把你的小提琴給米米正好啊！你留著琴不拉，也很可惜啊。」

「這……」

「有什麼關係嘛，反正你也不會再拉琴了。」

康雅的確已經不拉小提琴了，但她覺得自己會不會再拉琴不重要。她從五歲到十二歲期間學小提琴，只不過因為當時的老師非常嚴厲，所以她從來不覺得拉小提琴是一件快樂的事。即便如此，她仍然非常喜歡小提琴無論是音色、小提琴美麗的外型、琴身上發出琥珀色光澤的清漆、四根繃緊的琴弦，因此她至今仍十分愛惜自己的小提琴。

隨著康雅逐漸長大，使用的小提琴也越來越大。當父母對她說：「你現在可以用和大人一樣尺寸的琴。」，並為她買了大人用的小提琴時的興奮感，她至今都無法忘記。雖然在那不久之後，她就不再去上小提琴課了……

「無論如何，那把小提琴是我的，是我的寶貝。雖然一直把它收藏在琴盒裡，但我不想把它送人，也不想讓別人碰。」但是媽媽似乎不了解康雅的心情。

最後，康雅只好把小提琴送給了米米。

「既然已經把琴送給米米了，那也沒辦法了。」康雅努力這麼說服自己。

媽媽說的沒錯，小提琴是樂器，既然是樂器，要有人彈奏才能稱為樂器，只要米米經常拉小提琴，對小提琴而言也會比較好。

但是，把琴給米米真的沒問題嗎？

米米比康雅小四歲，並不是個壞孩子，只是個性有點粗魯，喜新厭舊，而且脾氣很不好。康雅之前曾看到米米因為做不出自己想要的形狀，就把黏土往地上丟。

何況必須經過很久的練習，才能夠拉出美麗的音色，如果米米之後為了「為什麼拉不出好聽的聲音」而生氣，還把小提琴摔在地上怎麼辦？

康雅越想越擔心。

一個月後的某一天，媽媽請康雅去阿姨家一趟。

「我們這次去旅行，不是可能會帶很多行李嗎？所以我向阿姨借了一個大旅行袋。但我現在正在做果醬，沒辦法離開。康雅，可以麻煩你去阿姨家拿一下嗎？」媽媽說。

「好。」

康雅一口答應，因為她剛好想去阿姨家看看。她心想：「不知道之前送給米米的小提琴怎麼樣了。」

走去阿姨家的路上，她沿途都在思考：「要怎麼問小提琴的事？是要問米米有沒有每天練習？拉完之後，有沒有用布擦乾淨？不，這樣詢問會讓人不高興。那就問：『米米的小提琴課上得怎麼樣了？』好了，嗯，先這樣問比較好。」

到了阿姨家後，康雅準備敲門。沒想到，她的手還沒有碰到門，門就打開了，而且阿姨衝了出來。

「啊，康雅！啊，對了，你要來拿旅行袋吧。我已經放在客廳了，你自己去拿。」

「阿、阿姨，你要去哪裡？」

「限時特賣會！前面的商店街在舉辦限時特賣，雞蛋和魚都只要半價！絕對不能錯過。」

「等一下離開時，門要不要上鎖？」

「不用鎖沒關係，米米差不多五分鐘後就回來了。不好意思，阿姨先去買菜。」

阿姨說完，就像一頭猛牛一樣衝了出去，康雅根本來不及問小提琴的事。但這也沒辦法，康雅聳了聳肩，走進阿姨家。

阿姨說的沒錯，大旅行袋就放在客廳的地上。帶這個旅行袋出門，應該可以裝進很多行李和伴手禮。

「難怪媽媽會向阿姨借這個袋子。」康雅苦笑著，拿起了旅行袋。

這時，康雅突然想去米米房間看一看——當然是為了了解小提琴的狀況。萬一米米中途回來，她也想好了理由，只要說：「我想向你借一本書，所以就去你房間找書了。」這樣米米應該不會生氣。

米米的房間亂成一團，床上的被子沒有折，玩具和衣服都亂丟，連走路的地方都沒有，脫下的襪子和吃過的甜甜圈放在書桌上，康雅看了都快吐了。

但是，她沒有看到小提琴。她在衣櫃裡找了一下，也翻了堆在一起的髒衣服，都沒有看到小提琴的蹤跡。

雖然覺得不太可能，但康雅還是戰戰兢兢的往米米的床下張望……

果然在那裡。

小提琴被丟在敞開的小提琴盒上，與盒子一起塞在床底下。

「不會吧！」

康雅慌忙把小提琴拿了出來，完全說不出話。

因為小提琴沒有放進盒子裡，所以琴上積滿了灰塵，連整把琴弓上也全都是灰塵，而且琴弦竟然斷了一根。

才短短一個月，小提琴就被糟蹋成這樣。康雅覺得渾身的血液一下子都沸騰了起來。

「擔心的事果然發生了！竟然把我心愛的小提琴變成這樣！」

她立刻把小提琴收進琴盒裡，然後把琴盒放進旅行袋中，衝出了阿姨家。

　　康雅越想越火大。如果米米很愛惜使用自己的小提琴，康雅還可以原諒她，沒想到她竟然把它丟在滿是灰塵的床底下，甚至沒有收進琴盒裡，就這樣直接塞到床底下，簡直難以置信。

「嗯，我要把小提琴拿回來，而且這本來就是『我的』小提琴。」但是，一想到這裡，康雅突然回過神。

「不知道……媽媽會說什麼？」

要是媽媽知道康雅沒有跟阿姨打一聲招呼，就自己把小提琴帶回家，一定會很生氣。如果只是生氣也就罷了，萬一媽媽又要她把琴送回去給米米該怎麼辦？

「不行，這絕對不行。在媽媽知道之前，必須把小提琴藏起來。除了家裡，還有什麼安全的地方可以藏東西？或許……可以把琴放在某個值得信賴的人家裡。」

康雅在家附近的路上徘徊。

就在這時，她聽到旅行袋裡傳出「登！」的聲音。

「那個聲音是撥動小提琴弦時的聲音，絕對錯不了。難道又斷了一根弦嗎？」

康雅急忙打開旅行袋，拿出琴盒。當她打開盒蓋時，忍不住瞪大了眼睛。

小提琴上竟然有一張卡片。剛才她把琴放進去時明明沒有這張卡片，那麼，這張卡片到底從哪裡跑進琴盒呢？

雖然覺得心裡有點毛毛的，但康雅拿起了卡片。這張對折的深棕色卡片，四周畫著金色和綠色的蔓草圖案，還用漂亮的銀色墨水寫了以下的內容：

有些心愛的物品，即使壞了也捨不得丟。

正因為是充滿回憶的物品，所以希望可以把它好好保管在某個地方。

有意義的物品、想要保護的物品，或是想要保持距離的物品。

如果您有這樣的物品，歡迎光臨「十年屋」。

本店將連同您的回憶，為您妥善保管。

「這是什麼？十年屋？是一家店嗎？」

康雅以為卡片裡還有寫其他內容，於是打開了卡片。這時，卡片立刻發出了光芒，這股柔美而溫和的金色光芒像蔓草一樣環繞著康雅，她覺得自己被像是咖啡般的香氣包圍。

因為這種感覺太舒服了，康雅根本來不及感到害怕，腦中浮現的是：「這是怎麼回事？簡直就像走進了秋日閃著金色光芒的森林中，喝著美味的茶，有一股平靜而幸福的心情在內心擴散。」

當她回過神時，發現自己站在一個陌生的地方。

那是一條濃霧瀰漫的小路。天色昏暗，所有的景色都帶著灰藍色，整條小路上都靜悄悄的。小路上的所有房子燈都暗著，簡直就像被這個世界遺忘了一樣。

但是，只有康雅眼前這棟紅磚房子亮著燈光，她戰戰兢兢的走上前。

紅磚房子有一道白色的門，門上有拼出勿忘草圖案的鑲嵌玻璃，上方寫著「十年屋」。

「十年屋……就是剛才那張卡片上寫的店名。」

這到底是怎麼回事？雖然搞不清楚狀況，但她決定走進去看看。

「有、有人在嗎？」

一打開門，立刻聽到了「叮鈴鈴」的清脆鈴聲。

康雅再度瞪大了眼睛，因為這間店裡堆滿了各式各樣的東西，有看起來很昂貴的古董書和破舊的繪本，全堆得高高的；有華麗的婚紗，也有破舊的靴子；大大的橡木桶內放滿了飾品，發出燦爛的光芒，天花板和牆上則掛著海報與風箏，還有裝滿了落葉和橡實的盒子。

康雅邊看，邊猜想這裡應該是間什麼店家。

「嗯……店裡的東西應該都是商品，雖然很多東西看起來就像是破銅爛鐵，但有一種奇妙的感覺。」

康雅往前走，盡可能避免碰到店裡的物品。她沿著堆放物品間的縫隙往裡面走，看到後方有一個櫃臺。

有個男人坐在櫃臺前。那個男人很年輕，穿了一件深棕色的西裝背心和相同顏色的長褲，脖子上繫了一條讓人聯想到太陽的明亮橘色絲巾。他的五官看起來很溫和，有著一頭大波浪的栗色頭髮。

他戴著銀框眼鏡，眼鏡後方那對琥珀色眼睛炯炯有神。

康雅走過去時，男人露出微笑對她說：

「歡迎光臨，歡迎來到十年屋。」

康雅戰戰兢兢的開口問：

「這裡……是一家店嗎？」

「對，這裡是專門為客人保管重要物品的店家，我是店長十年屋。」

「你的名字和店名一樣嗎？」

「對，大家都叫我十年屋，所以我也為這家店取了相同的店名，好記最重要，不是嗎？」

這個有奇怪名字的男人微笑著，散發出不可思議的感覺。

康雅倒吸了一口氣問：「你是魔法師嗎？」

世界上存在著魔法師，他們和普通人不太一樣，心血來潮時，會幫助普通人。

十年屋再度露出了微笑。

「你的直覺很敏銳，對，我是運用時間的魔法師。」

「我、我……魔法師……為、為什麼？」

「你之所以會出現在這裡，是因為你需要這家店的協助，所以才會收到邀請函。」

「邀請函就是那張卡片嗎？」

「對，這裡空間太狹小，我們去後面的會客室聊。請跟我來。」

康雅雖然腦筋一片混亂，但還是在十年屋的催促下，乖乖跟著他往裡面走去。

那裡是一個漂亮的小房間，和店內不同，這裡整理得很乾淨，放置著漂亮的沙發和茶几，桌上還有一個蛋糕盤，盤子裡的水果塔看起來很好吃。

「太可惜了，如果還有紅茶就完美無缺了。」

正當康雅這麼想的時候，立刻有個身影端著放了茶杯和茶壺的托盤，從裡面的房間走了出來。

因為身形很矮小，康雅起初以為那是個小孩子，但她隨即發現，那個身影非但不是小孩子，甚至根本「不是人」……

那是一隻貓，有著一身蓬鬆橘毛。牠用兩條後腿走路，手上端著托盤朝康雅走來，而且牠還戴著黑色領結，身上穿著一件縫了銀線的黑色天鵝絨背心，看起來很可愛。

貓把茶壺和茶杯放在桌子上後，十年屋用溫柔的聲音對牠說：

「客來喜，辛苦了，這裡交給我就行了，你去休息吧。」

「是喵。」

那隻貓用可愛的聲音回答後，向康雅鞠了一個躬後，又走回裡面的房間。

康雅目瞪口呆，十年屋笑著說：

「牠是本店的管家，名叫客來喜。」

「牠、牠是被你用魔法收服的貓嗎？」

「不是不是，牠是本店正式的管家，所以我會付牠薪水。先來喝茶吧，現在剛好是點心時間，客來喜親手做的水果塔可是美味絕品呢。」

那個水果塔的確是美味絕品沒錯，上頭裝滿了草莓、藍莓和柳橙的水果塔顏色鮮豔，酸酸甜甜的滋味和口感令人欲罷不能，水果下面的卡士達醬溫潤的甜味簡直好吃得沒話說。

康雅吃了一個還覺得不夠，所以連續吃了兩個，然後喝了幾口紅茶，心情頓時放鬆下來。

十年屋似乎就在等待這一刻，他開口說：

「那我們來談正事。你是不是有什麼想要委託本店保管的物品？你是不是有什麼對你來說很重要，不願意給別人，也不願意丟掉的物品，或是目前無法留在身邊的東西？」

康雅覺得十年屋好像有讀心術一樣，於是她從旅行袋裡把小提琴盒拿了出來。

「是小提琴嗎？」

「對，我從五歲時開始練小提琴。因為我不喜歡上小提琴課，所以一直沒有進步……這件事讓我很痛苦，所以後來就沒有繼續學下去，但是我很喜歡小提琴。」

康雅向十年屋說明了自己的情況。

「如果我把小提琴繼續留在身邊，媽媽可能又會拿去送給別人，但我不想把它給別人。我是不是很孩子氣？」

「沒這回事，」十年屋笑著搖了搖頭，「我非常能夠了解你的心情。樂器很容易讓人產生感情，一旦擁有了，就很難放棄，即使自己不再彈奏，也想要一直留在身邊。很多人都是這樣，而且十年屋就是為了有這種想法的人而存在。」

十年屋說到這裡時，態度和剛才有點不太一樣，似乎比較嚴肅和沉穩。

「如果你願意，可以把這把小提琴寄放在本店，寄放的期限是十年。在本店保管期間，物品完全不會有任何劣化或是損傷，而且在這十年的期間內，你隨時可以取回。只要你是真心想要取回物品，就可以再度回到這裡。」

十年屋說到這裡，眼神變得更加深沉。

「但是，我必須收取代價。」

「我、我知道。請問需要多少錢？我身上沒有太多錢。」

康雅心虛的看著十年屋，但十年屋緩緩搖著頭說：

「請不要誤會，使用魔法，要支付的並不是金錢。我是運用時間的魔法師，所以必須向你收取『一年的時間』作為代價。」

「我的……時間？你是指『壽命』嗎？」

康雅忍不住感到害怕。雖然小提琴很重要，但被拿走壽命似乎很可怕。

十年屋可能非常了解康雅的想法，他再度恢復了溫和的笑容，點了點頭說：

「無論要不要做這筆交易，都取決於你，我不會勉強你。你只要好好思考這把小提琴是否具有讓你支付一年時間的價值，怎麼做才不會讓自己後悔就行了。」

魔法師說完，就閉上了嘴。

康雅思考了很久，搞不好想了將近一個小時的時間。

但是，無論她想多少次，答案都一樣——

如果把小提琴帶回家，被媽媽發現，一定又會被拿去送給別人，到時候自己一定會很難過，也很後悔。她想起小提琴被丟在米米的床底下這件事依舊很生氣。

「這是我的小提琴，我要保護我的小提琴，不想把它給任何人。說不定我會很長壽。沒錯，我們家的人都很長壽，不光是爺爺奶奶還活著，連曾祖父、曾祖母也都很健康，為了保護小提琴……一年的時間……應該還好吧？」

她終於下定了決心。

康雅抬起頭，直視著十年屋。

「你決定了嗎？」

「對，我要請你們保管。」

「好。啊，我話先說在前面，時間一旦支付後，就無法歸還，即使你明天就來把小提琴拿回去也一樣。這一點請你務必了解。」

「我知道。」

「還有另一件事。等十年的期限屆滿時，本店會寄一張通知卡給你，如果你想把小提琴拿回去，請打開卡片。如果你不想要了，不想再拿回去，就在卡片上畫一個X。」

「如果是這樣，你們會怎麼處理這把小提琴？」

「到時候它就會正式歸本店所有。你剛才不是看到店裡有很多東西嗎？那些都是客人原本寄放的物品。」

原來是這樣，康雅恍然大悟。

「所以如果主人不回來拿，就會作為商品在這裡販售嗎？」

「就是這樣。」

「但是……我覺得有很多東西看起來就是賣不出去。」

「其實並非如此，有些客人就是喜歡這種舊東西，不過，這和你或是這把小提琴沒有關係。現在，請你在這份合約上簽名。」

十年屋說著，把一枝銀色鋼筆和一本很厚的黑色皮革記事本遞到她面前。

康雅在翻開的記事本上寫下了自己的名字。那枝銀色鋼筆很重，康雅每寫一個字，就覺得有什麼東西從自己身上，隨著墨水流了出去。

「是時間。原本屬於自己一年壽命的時間，隨著墨水滲進了這本記事本。」康雅心想。

雖然覺得有點可怕，但她還是寫完了自己的名字。

「這、這樣就行了嗎？」

「對，這樣就可以了。」

十年屋滿意的接過記事本。

「合約成立了，請把小提琴交給我。」

「那、那就拜託你了。」

「當然沒問題。」

康雅連同琴盒一起把小提琴交給十年屋，不可思議的是，她覺得心情頓時輕鬆起來，原本壓在心頭那種灰暗又沉重的感覺也一下子消失了。康雅覺得鬆了一口氣。

十年屋對康雅說：

「如果你想拿回去，隨時可以用力想著『我要取回小提琴』。只要你用力想，那個念頭就可以把你帶回這裡。」

「好。」

「你差不多該回去了。客來喜，客人要離開了。」

「好，好，我馬上過去喵。」

隨著一聲可愛的回應聲音，剛才那隻貓跑了過來。貓來到康雅面前後，恭敬的鞠了一個躬。

「回家的路上請小心喵，期待你再度光臨喵。」

「謝謝。啊，對了，剛才的水果塔超好吃，尤其是裡面的卡士達醬，真是太好吃了。」

「能夠聽到客人的稱讚，真是太高興了喵。」

貓開心的笑了。

康雅在魔法師和貓的目送下，打開了那道白門。

她以為會來到那條濃霧瀰漫的小路，沒想到自己卻出現在熟悉的街道上——她在一眨眼之間，就回到了原來的地方。

「這、這是夢嗎？」

康雅眨了眨眼睛，立刻打開旅行袋查看——沒有了！原本放在裡面的小提琴盒不見了。

這代表在十年屋發生的事並不是夢，而是真的。

「太好了！」

小提琴終於安全了，至少在接下來的十年期間不必擔心了。

但是，她仍然感到有一絲不安。

如果米米發現小提琴不見了，不知道會怎麼樣？萬一阿姨覺得一定是康雅把小提琴拿走了，該怎麼辦？如果她們罵自己「竟然不打一聲招呼就隨便跑進別人的房間，未免太過分了！」那康雅該怎麼辦？

雖然她一臉若無其事的回到家裡，但接下來的那段日子，她都有點心神不寧。

但是，過了很久，米米和阿姨都沒有說什麼，她們似乎並沒有發現小提琴不見了。

康雅鬆了一口氣，很慶幸自己把小提琴拿回家了。

幾年過去了。

這一天，康雅和米米難得相約見面，一起逛街買東西。她們逛了很多家漂亮的店鋪，也買了大份的冰淇淋一起吃。

最後，她們決定去公園逛一圈後再回家。

秋高氣爽的季節，涼爽的風吹過來很舒服，被染成紅色和黃色的落葉彷彿飄著淡淡的香氣。她們在美麗的公園內走著，開心的聊天。

康雅已經十八歲了，很快就要搬離家，在外頭獨立生活。而米米也已經十四歲了，她改掉了以前行為粗暴、脾氣暴躁的習慣，變成一個個性開朗的女生。也許是因為這個原因，她和康雅很聊得來，兩個人的感情比之前更好。

這天，米米一直問康雅獨立生活的事。

「康雅姊，你找到房子了嗎？決定住在哪裡了嗎？」

「對啊，我要搬去楓葉路的小公寓，雖然房子有點舊，但空間很寬敞。終於可以一個人住了，所以我打算用很多喜歡的東西來布置家裡。」

「好羨慕你喔，我也想一個人住。」

「那你要先學會打掃和整理房間啊。」

「呃，聽到你這麼說，我真是羞愧得無言以對。」

正當她們在聊天時，聽到了一陣歡快的音樂聲。她們情不自禁看向音樂傳來的方向，發現有六個男女在鋪滿落葉的公園裡演奏。那六個人的年紀都不一樣，手上的樂器也都不同，雖然演奏的音色一聽就知道不是職業音樂家，但充滿了歡快的氣氛，她們聽著聽著，也忍不住露出了笑容。

康雅覺得，這些人應該是發自內心喜歡音樂，喜歡演奏樂器。最好的證明就是他們每個人在演奏時，臉上都帶著笑容。

康雅和米米停下腳步，站在那裡欣賞他們的音樂。

康雅突然想起了小提琴的事。

雖然她從來沒有聽米米提起過，也不知道米米認為消失的小提琴究竟去了哪裡。

但康雅很想知道，於是不經意的問：

「對了，米米，我以前曾經送了一把小提琴給你……」

「啊？」

「就是在四年前啊，你不記得了嗎？你那時候不是說，想要當小提琴家嗎？你還有在練習嗎？」

「喔喔，你是說那把小提琴啊。我想起來了，康雅姊，你不要哪壺不開提哪壺，我早就沒在練小提琴了。」

米米若無其事的說：「而且我也不知道那把小提琴去了哪裡。你送我的時候，我很開心，但很快就失去興趣，就把小提琴丟在一旁，然後它就不見了。可能被我媽丟掉了吧。」

米米又坦然的向她認錯：「對不起，你送我小提琴，我卻沒有好好練習。」

「沒、沒關係，你別放在心上。」

「嗯，但是……」

米米露出羨慕的眼神看著那幾個正在演奏的人。

「好像有點太可惜了，早知道應該好好練習小提琴，現在就可以像他們一樣快樂的演奏了。」

「嗯……是啊。」

康雅點了點頭，但千頭萬緒在內心翻騰。

米米對小提琴的事竟然是這麼無所謂的態度，讓康雅感到有點生氣，但她更為自己感到悲哀，正如米米剛才說的：「早知道應該好好練習小提琴」——那正是康雅內心的想法。

直到現在，康雅才明白自己只是不適應那個老師的教法。那個老師從音樂大學畢業，是一個很棒的老師，但因為太注重技巧訓練，無法讓學生充分享受音樂的樂趣。

「你拿琴弓的姿勢有問題！」

「這裡要拉得更用力點！樂譜上不是都寫得很清楚嗎？你為什麼不按照樂譜拉呢？」

「你看你看，手指要更靈活。在你學會這小節之前，都不可以把小提琴放下來。」

因為當初老師上課太嚴格了，所以康雅才放棄繼續學習小提琴。

「早知道只要換一個老師就好啦，不應該放棄小提琴。如果當初繼續練小提琴，或許會更喜歡音樂。」

正當她這麼想的時候，樂曲結束了，那幾個人又開始演奏另一首新的樂曲，這次是很開朗的舞曲。

「哇，這首樂曲太讚了！氣氛好歡快啊！」

米米興奮的叫了起來，用手打著拍子，身體也隨著音樂搖晃起來，最後開始跳起舞來。

「喂，米米！你不要鬧啦！」

「為什麼？很開心啊！康雅姊，你也一起來跳啦！」

「呃……我不會跳舞。」

「我也不會跳舞啊，但會不會跳舞不重要，你想怎麼跳都可以。」

米米拉著康雅的手，硬是拉著她一起跳。康雅起初覺得很害羞，但看到米米笑得很開心，也跟著高興的跳起舞來。

音樂彷彿流入身體裡頭，康雅渾身湧現了力量和喜悅。她沉浸在這份喜悅中，隨著音樂翩翩起舞，她覺得自己彷彿是森林裡的精靈。

音樂結束後，那幾個演奏者也為他們鼓掌。

「兩位小姐，你們跳得很棒。」

「謝謝叔叔，你們的演奏也很棒！」

米米回話後，轉頭看著康雅，她的雙眼發亮，臉頰像蘋果一樣紅。

「我決定了，我明天就要去上舞蹈課，我以後要成為職業舞者。」米米下定決心說道。

康雅笑著說：「加油。」

康雅和米米道別之後，走往回家的路。當她走在路上時，剛才的音樂仍然盤旋在腦海裡，她以前完全沒有想過，即使自己沒有成為職業音樂家，也可以像這樣享受音樂的樂趣。

「好想和他們一起演奏啊……」

沒錯。米米對跳舞感到滿足，但康雅不一樣。雖然跳舞也很開心，但演奏樂器才是她真正想做的事。

如果可以和剛才那些人一起演奏，可以和他們一起拉小提琴就太棒了。自己也想和他們一樣，露出燦爛的笑容，發自內心享受音樂的樂趣。

她突然很想拉小提琴。

康雅心想，以前只覺得：「我必須拉小提琴，如果拉不好，老師和媽媽都會罵我。」但現在或許能夠帶著「樂在其中」的心情，充分享受音樂的樂趣，這一定可以成為創造出美妙音色的動力。

「要不要……重新去學小提琴呢？」

自己即將獨立生活，所以現在把小提琴領回來也沒有問題了。康雅現在是發自內心想拉小提琴。

「是不是該把小提琴拿回來了？」康雅不停的問自己。

正當她這麼想的時候，周圍變得朦朧起來，秋日行道樹的鮮豔色彩漸漸變成了灰色，事物融在一片濃霧中。

濃霧中的有條寧靜小路出現在她眼前。

但是，康雅沒有多看小路的風景一眼，因為她面前有一道門。

白色的門上有勿忘草圖案的鑲嵌玻璃，門內透出的溫暖燈光，似乎在說：「我們正在恭候你的大駕」，彷彿在向她招手。

康雅欣然回應，她興奮的握著門把……

2 悲傷的藏寶箱

媽媽病倒了——賀利瑪在清晨接到了通知。

她已經被送往醫院，但已經回天乏術，恐怕看不到明天早上的日出了。

不過，即使聽到這個消息，賀利瑪的也無動於衷，他既沒有驚訝，也沒有感到悲傷，只覺得這一天終於到了。

雖說是「媽媽」，但他們之間的關係並不親密。媽媽住在養老院多年，他們已經很久沒見面了，所以更讓賀利瑪沒有太多感慨。

沒錯，雖然媽媽不願意，但十年前賀利瑪硬是把她送進養老院，而且在那之後，他從來沒有去養老院探視過她，也從來沒有寫過一封信。賀利瑪想澈底把媽媽趕出自己的人生。

他並不覺得自己的行為有什麼問題。因為自己工作很忙，加上那家養老院的設備和工作人員都是一流水準，而且比起整天和討厭的兒子相處，由那些親切的工作人員照顧媽媽，她也會比較幸福。

「沒錯，媽媽討厭我，所以我不要出現在她眼前。」賀利瑪一直是這麼想的，所以始終對媽媽避而不見，但如今媽媽病危，他不能再無視媽媽的存在，而且他還得去辦理各種手續。

「嗯，今天必須去一趟醫院。」

雖然賀利瑪覺得很麻煩，但還是洗了臉，刮了鬍子。

鏡子裡是一個四十七歲瘦男人的臉，眼神冷漠，緊抿著雙唇，整個人散發出像刀子一樣的銳利感。

賀利瑪是個數學教授，但學生都很怕他，稱他為「冰魔神」，大家都紛紛在暗中議論他這輩子是不是從來沒笑過。

一臉冷漠的賀利瑪眉頭深鎖，出發前往醫院。

病房內瀰漫著消毒水的味道，賀利瑪的媽媽躺在白色病床上。

賀利瑪有點驚訝。十年未見的媽媽整個人都瘦了一圈，皮膚乾澀，長滿了老人斑，連以前像太陽般的一頭金髮也變成了白髮，沉睡的臉看起來很痛苦，憔悴的樣子像是承受過千辛萬苦一樣。

即使賀利瑪走近媽媽身旁，她也沒有醒來。據工作人員說她一直陷入昏睡狀態。

「她一直很想見你，整天都在談論你。」

在醫院陪伴媽媽的養老院工作人員語帶責備，還瞪著賀利瑪。

「你為什麼不來養老院探視你媽媽？至少也該寫信。你這個當兒子的太過分了。」工作人員銳利的眼神似乎在這麼說。

但是賀利瑪沒有理會，只是淡淡的說：「辛苦了。我會處理接下來的事，請回去吧。」

「是啊，我當然要回去。」養老院的工作人員轉身離開了，她的態度似乎在說：「我才不想和你這種薄情寡義的人待在一起。」

和媽媽單獨相處時，賀利瑪突然感到心神不寧。他原本就不喜歡這種充滿肅殺氣氛的房間，這讓他想起小時候，媽媽硬是送他去就讀的寄宿學校的回憶。

為了讓自己分心，他在腦海中想著數學算式，卻始終無法專心。

「媽媽。」他叫了一聲，但媽媽並沒有睜開眼。

賀利瑪突然感到很生氣，他有一篇重要的論文要寫，而且學校也有課要上，一直待在這裡根本是在浪費時間。

「嗯，還是回家吧。」正當他打算站起來時，發現躺在病床上的媽媽乾瘦的手裡握了一張深棕色的卡片。

「是問候的卡片嗎？還是醫院的人放在她手上的？上面到底寫了什麼？」

他突然感到好奇，所以小心翼翼的從媽媽手上抽出卡片，盡可能避免碰到媽媽。

那張對折的卡片上用銀色的字大大的寫著「十年屋」幾個字，背面也用銀色的字寫了以下的內容。

柯娜·密馮女士，十年不見了，謹以此信再次向你致意。不知是否別來無恙？本店為你保管的物品期限已將屆滿，如果你想取回物品，請打開這張卡片。如果你無意取回，請在這張卡片上畫一個X，代表合約結束，你所寄放的物品將正式歸本店所有。請多指教。

十年屋敬上

柯娜·密馮是賀利瑪媽媽的名字，她似乎在那家叫「十年屋」

的店裡寄放了什麼東西。

「媽媽到底寄放了什麼東西？」賀利瑪再度感到好奇，既然特地寄放在店裡，想必是很有價值的東西。但是據他所知，媽媽並沒有任何貴重的東西。

賀利瑪認為媽媽一定有什麼祕密，而他想揭開媽媽的祕密。這種念頭越來越強烈，於是賀利瑪打開了卡片。

原本以為裡頭是那家店的地址，或是去那家店的地圖。沒想到……

卡片發出了溫暖的光芒漩渦，賀利瑪被那個漩渦包圍，轉眼之間就被吞噬了。

賀利瑪在金色的光芒中想起了向日葵田。

媽媽曾經在某個遙遠的夏日帶他去向日葵田，那也是他們唯一一次出遊。無數的向日葵爭奇鬥豔，媽媽在向日葵的包圍下，發出了輕快的笑聲，露出了燦爛的笑容說：「好像有很多太陽喔。」

「那到底是什麼時候的事？沒想到媽媽竟然曾經對我露出笑容，我完全忘了這件事。」他被這個「突然甦醒」的記憶嚇了一跳，然後發現周圍的光芒漸漸收斂了。

當光芒完全消失時，賀利瑪發現自己站在一條完全陌生的小路上。小路上瀰漫著濃霧，顯然和正常的街道不一樣。整條小路上都靜悄悄的，只有一棟房子亮著燈光。

賀利瑪的目光很自然的看向那棟房子。那棟房子應該是一家店，白色的門上有鑲嵌玻璃，門把上掛著「營業中」的牌子，門上刻著「十年屋」幾個字。

「十年屋！」

賀利瑪回過神。

「這是……魔法嗎？」

他知道這個世界上有魔法師，雖然身為一個數學教授，很難相信這種事，但據說魔法師能夠做到一些難以用科學和算式說明的事。

賀利瑪剛才正是經歷了一種無法用科學和算式說明的事，但是他現在沒時間感到害怕，因為魔法師應該就在這道白色的門內，而且他正在等待著自己到來。

「既然這樣，那就去見一見他吧。」賀利瑪帶著想挑戰的心情打開了那道白色的門。

「哇！」他忍不住叫了一聲。

因為他以前從來沒有看過這麼亂的地方，「亂成一團」應該就是指這種狀態吧——家具、衣服、書籍、小飾品和玩具，全都堆放在一起，有些幾乎已經堆到了天花板。

賀利瑪不由得有點頭暈眼花，但還是努力從堆積如山的物品縫隙中繼續往裡面走，終於看到後方有一個年輕的男人。

那個高個子的男人看起來清爽灑脫，身上穿著深棕色西裝背心和長褲，腳上則是一雙擦得很亮的麥芽糖色皮鞋，無論是脖子上那條深藍色絲巾，或是西裝背心口袋裡露出的懷錶金鍊子，看起來都瀟灑自如。

男人正在檢查一堆絨毛娃娃與人偶，一看到賀利瑪走近，露出了溫和的笑容。

「歡迎光臨，歡迎來到十年屋。這位先生……咦？你看起來不像是來寄放物品的，請問你是？」

「我……」賀利瑪結巴了一下，但立刻強勢的說：「我接到了貴店的通知，說寄放物品的期限即將屆滿，希望能夠來貴店取回。當初寄放物品的人叫柯娜·密馮，她是我媽媽，因為她無法前來，所以我代替她來領取。」

「喔，原來是這樣，我了解了。柯娜·密馮女士，我記得她。」

男人露出懷念的笑容說：「請跟我來，在將物品交還給你之前，要不要先喝杯茶或是咖啡？本店的管家剛好做了起司蘇打餅乾，請你務必嚐一嚐。」

「我可沒有這種閒工夫，我得馬上回醫院。」賀利瑪想要這麼回答，但不知道為什麼，他無法發出任何聲音。

他覺得自己不能拒絕這個年輕男人，然後頓時發現自己口乾舌燥，而且他最愛吃正是起司蘇打餅乾。

他說：「那就恭敬不如從命了。」

「請跟我來。」

幸好男人帶他走進的會客室整理得很乾淨，沙發坐起來也很舒服，賀利瑪很自然的就放鬆了心情。

這時，有一隻貓走了進來。那隻貓竟然像人類一樣穿著背心，用兩條後腿走路，雙手端著托盤，托盤上放著咖啡杯和裝滿了起司蘇打餅乾的碗。

貓把咖啡杯和碗放在沙發前的茶几上，向賀利瑪鞠了一個躬後說：「請享用，我為你泡了咖啡喵。」

聽到貓像小孩子般可愛的聲音，賀利瑪忍不住陷入了沉默。

男人苦笑著，向那隻貓使了眼色，貓也向男人點了點頭，然後走進後方的房間。

賀利瑪終於吐了一口氣說：

「太不可思議了，貓竟然穿著衣服，而且還會開口說人話。」

「你對此感到不舒服嗎？」

「不，這裡是魔法師的地盤，搞不好我在這裡才顯得奇怪。」

男人挑起眉毛，露出了佩服的表情說：「你的思考方式很有彈性。」

「你覺得很意外嗎？」

「對，因為聽你母親說，你是一個很頑固的人。」

賀利瑪覺得自己好像被潑了一盆冷水。

他回過神，注視著眼前這個擁有一雙不可思議的琥珀色眼睛、一副老神在在的男人。

「你真的是魔法師，對嗎？」

「對，請叫我十年屋。」

「我媽媽好像在貴店寄放了東西……請問那是什麼？」

「先喝咖啡再說，我們喝完咖啡再聊也不遲。」

賀利瑪無可奈何，便喝了一口咖啡，沒想到出乎意料得好喝。

賀利瑪喜歡這種味道很苦的咖啡。

既然咖啡都這樣了，起司蘇打餅乾應該也值得期待。於是他吃了一塊餅乾。

「真好吃！」

起司蘇打餅乾比他想像中更好吃。起司的鹹味和香氣，以及豐富的層次感完全結合在一起，打造出完美的味道，而且餅乾形狀是正三角形，形狀也很完美。

「真是太棒了。」賀利瑪一塊接著一塊，吃得欲罷不能。

他又續了一杯咖啡，吃掉半碗起司蘇打餅乾後，才終於感到心滿意足。

「真是太好吃了，一般魔法師都會像這樣款待客人嗎？」

「我不了解其他魔法師的情況，但我會盡力款待客人，尤其是因為前來領取物品，心情無法平靜的客人。」

「你說什麼？」

賀利瑪驚訝的問，十年屋不知道從哪裡拿出了一個很大的棕色盒子。

「這就是你的母親寄放在本店的物品，請你在確認之後，決定要領回，還是要放棄。」

賀利瑪緊張的接過盒子，那個盒子很沉重。

「盒子裡一定裝了媽媽的祕密。」一想到這裡，賀利瑪就全身熱血沸騰。

媽媽年輕時整天忙於工作，經常不在家，她很討厭兒子占用她的時間，所以把賀利瑪送進了嚴格的寄宿學校，無論寒暑假，都很少讓他回家。

所以，賀利瑪幾乎對媽媽的事一無所知，不了解媽媽喜歡什麼，做過什麼事。

但他知道媽媽討厭什麼，那就是——賀利瑪。

賀利瑪帶著蠻橫霸道的心情打開了盒蓋，他現在要親手揭開媽媽的祕密。

「這是什麼啊？」

盒子裡裝滿了紙片，有剪下的畫紙、書信，以及像是筆記本之類的東西。

賀利瑪拿起了紙片，翻過來後，發現每一張紙上都是小孩子畫的圖，大部分都是一個女人和小男孩在笑的圖樣，有些還用蹩腳的字寫著「媽媽，我愛你」。

這時，賀利瑪終於發現了一件事。

「這該不會……」

賀利瑪目瞪口呆，十年屋靜靜的向他點了點頭。

「這是你為你母親畫的畫，還有你在學校的成績單、健康報告，這些信都是你寫給你母親的。」

「為、為什麼要保管這些東西……而且還特地拜託魔法師……」

「她可能認為只有這種方式才能夠把東西保存下來。她當時說你一直逼她丟掉這些東西。」

沒錯，賀利瑪想起來了，送媽媽去養老院前，他要求媽媽把公寓內所有的東西清理掉。

「媽媽，這是為了你好。你的膝蓋一直疼痛、無法康復，根本沒辦法獨立生活。那家養老院很不錯，無論飲食和管理都很完美，只不過無法讓你把所有的東西都搬去那裡，所以你必須把不要的東西丟掉。……你想和我一起住？不可能啦，我整天忙著做研究和上課，而且老實說，現在的我們根本不可能在一起生活啊。」

當時賀利瑪要求媽媽丟掉所有充滿回憶的東西和老舊的家具。媽媽雖然一臉悲傷的表情，但什麼也沒說，聽從了他的意見。

不過賀利瑪忍不住怒火攻心，原來當時媽媽表面上聽從了他的意見，卻偷偷來這裡託管這些東西。他覺得事到如今，媽媽請魔法師保管這些東西根本是多此一舉。

「無聊！把這些東西當成寶貝保存下來，根本不像是她的作風！難道她認為這樣就像是個母親了嗎？她、她討厭小孩子，更討厭我這個兒子，竟然還會想要保存這些畫，根、根本不可能！」

「嗯……看來你完全不了解你的母親。」

十年屋露出同情的眼神看著賀利瑪，賀利瑪覺得他的眼神消除了自己內心的憤怒，同時也讓自己感到無力。

他癱坐在沙發上，無力的說：「你還知道了什麼事嗎？」

「沒錯，你母親來寄放這個盒子時，告訴我很多事。而且你母親也把自己的想法寄放在我這裡，她說她的話無法傳入兒子的耳朵中，也無法傳遞進兒子的心裡。」

魔法師說完後，又直視著賀利瑪的眼睛。

「你可能不知道，你的母親從事的是一份名為『祕密守護人』的重要工作。」

「祕密守護人？這是什麼？」

「就是為皇室或貴族那些身分高貴的人服務的工作。這些人有許多無法留下文字記錄的約定和祕密，而祕密守護人的工作，就是必須把所有這些事都記在腦海中，並且不得向任何人洩漏祕密。」

「……」

「你的母親具備了超群的記憶力，所以很適合擔任祕密守護人，只不過因為這個工作很辛苦，有時候需要和雇主一起前往世界各地，有時候甚至好幾個月都無法回家，但薪水很高。當時你的母親一心想著必須讓你接受良好的教育，不能讓你吃苦。

她認為，只要有錢，就可以過好日子，就可以讓自己的兒子接受良好的教育。因為丈夫早逝，所以必須由自己保護兒子。」

原來賀利瑪的母親是為了這個目標拚命工作。

賀利瑪第一次得知母親的過去，忍不住目瞪口呆。

「我以為……我媽只是一個普通的研究人員……她為什麼不告訴我實話呢？」

「是啊，但是你的母親有無法告訴你的苦衷。因為她不想讓你感到不安，她絕對不想讓兒子覺得自己是為了他，才去從事這麼辛苦的工作，否則兒子可能會選擇退學，說自己要去工作。她更希望兒子能夠盡情學習喜愛的數學。

「……」

「你從十四歲開始，就覺得無法原諒她，對嗎？」

賀利瑪點了點頭。他記得很清楚，就是在十四歲的某次化學課上發生意外後，就澈底毀滅了他對媽媽的感情。

那一天，賀利瑪在做實驗時，誤把藥物混入其他藥品中，結果造成爆炸，賀利瑪因此身受重傷，被送去醫院。

雖然學校的老師立刻用電報通知了賀利瑪的媽媽，但在他住院期間，媽媽竟然完全沒有來探視。當時賀利瑪認為，如果媽媽真的愛自己，就應該拋下一切趕來。

但那一次，賀利瑪的心都碎了。

他躺在醫院的病床上，在心裡發誓再也不會對媽媽抱有任何期待，也決定不再為了寫信給她或是因為見到她而感到高興，他認為媽媽只愛她自己。

賀利瑪下定決心之後，就在自己和母親之間建立了一道又高又厚的冰牆。

「但是，也許我做錯了？」他提心吊膽的看向十年屋，十年屋露出同情的眼神點了點頭。

「你母親說，在那次之後，兒子就不再把她當成母親，無論她說什麼，兒子都聽不進去。」

十年屋的聲音突然改變了，從原本溫和的男人聲調，變成了帶著憂鬱語氣的女人聲音。

「那時候我才終於發現自己錯了，我一直把兒子當成小孩子，其實只要我有試著告訴他，因為我從事的是很重要的工作，他應該會理解，但是……我們就像扣錯了的鈕扣……」

「媽、媽媽！」

賀利瑪忍不住站了起來，他覺得眼前的人就是自己的媽媽。

但是，幻覺立刻消失了。

賀利瑪嗚咽著，並用手摀住自己的臉。

十年屋淡淡的繼續說了下去，「你的母親很後悔和你之間產生了無法踰越的鴻溝，但是，她也無能為力，因為你已經完全封閉了自己的心，所以她更加珍惜你以前為她畫的圖畫和寫給她的信件。聽說盒子裡還有你的成績單和健康報告，她雖然無法陪伴你長大，但這些東西成為她的心靈支柱。」

「你、你別再說了……」賀利瑪終於哭了出來。

沒錯，他一直很愛媽媽，因為媽媽是他唯一的家人。他很愛媽媽，也很思念媽媽，希望媽媽可以陪在自己身邊。他想起小時候，每次媽媽出門上班，他都會哭著說：「媽媽不要走」。

但是，媽媽還是選擇了工作，因為她深愛自己的兒子。

他們母子兩人相依為命，明明彼此都很愛對方，卻像扣錯了的衣服鈕扣，兩個人的心無法產生交集，這是多麼令人悲傷的事。

賀利瑪在十年屋面前淚流不止，而且也有點嫉妒眼前的魔法師。因為媽媽在委託寄放這些寶物時，曾經把自己的祕密和內心的話告訴這個魔法師，賀利瑪非常希望是媽媽親口告訴自己這些事。

如果是現在，如果是已經知道所有真相的現在，賀利瑪覺得他可以親口對媽媽說出「媽媽，我愛你」，但是可惜已經陷入昏睡狀態的媽媽已經聽不到這句話，一切都為時已晚了。

賀利瑪被殘酷的時間擊敗。

這時，十年屋站了起來，把手輕輕放在哭泣的賀利瑪肩膀上。賀利瑪隔著衣服，可以感受到他掌心的溫暖滲入自己的身體。

「你、你做了什麼？」

「不瞞你說，我今天遇到了一件好事，想和別人分享這份幸福，所以我要把『時間』送給你和你的母親。」

「啊？」

「只有一天的時間，我要送你們『一天的時間』，我相信現在的你一定能夠有效利用這一天的時間。你差不多該回去了。」

十年屋溫柔的話語讓賀利瑪站了起來，走向那道白色的門。

賀利瑪在轉眼之間就回到了病房。

賀利瑪忍不住眨著眼睛，他覺得剛才的一切就像是一場夢，但他的手上抱著那個裝滿了繪畫和書信的盒子。

「原、原來一切都是真的。」

賀利瑪把盒子放在地上，然後看著病床。躺在病床上的媽媽仍然看起來十分瘦小、憔悴，但不可思議的是，賀利瑪彷彿看到了媽媽以前的樣子，看到了他以前最愛的媽媽。

「媽媽。」

賀利瑪拉著媽媽的手，然後覺得有什麼溫暖的東西從自己身上流到了媽媽身上。

在他發現那個東西就是剛才十年屋給他的「時間」時，媽媽的眼睛睜開了。

「賀利瑪……」

「媽媽……我來了。對不起，我一直都沒有好好照顧你。」

「別這麼說……我才應該向你道歉……」

「你不用說了，我都知道了，我已經全都知道了。」

賀利瑪說完，拿出那個盒子給媽媽。

她瞪大了眼睛。

「所以你去找過十年屋先生了嗎？」

「對，他把所有的事都告訴我了。……對不起，我之前都不知道你的苦心，但是……我還是覺得你應該更早告訴我……」

賀利瑪把之後想說的話吞了下去，但即使他沒有說，媽媽似乎也知道了他的想法。

媽媽看著自己乾瘦的手，不知所措、嘀咕說著：

「這是怎麼一回事？我……之前覺得眼前一片黑暗時，以為自己已經沒救了……」

「是十年屋先生給我們『時間』，他給了我們一天的時間。」

所以要好好珍惜才行，賀利瑪想到這裡，緊緊握住了媽媽的手。

「媽媽，我們還有機會可以重來，就用今天一天的時間，來糾正過去的錯誤。對了，你有沒有想去的地方？無論你想去哪裡，我都可以帶你去。」

「沒有。」

媽媽突然回握賀利瑪的手，她的手很有力，完全出乎賀利瑪的想像。

「不需要去任何地方，我只想和你說說話，因為我有很多話要告訴你，也想聽你說很多事。」

「好，那我們就來好好的聊天。」

他們母子兩人握著彼此的手，看著對方的眼睛，聊了很多事。他們笑著、哭著，然後又笑了起來。

隔天早晨，賀利瑪的媽媽去世了。賀利瑪緊緊抱著她，對她說：「媽媽，我愛你。」然後，她就這樣幸福的離開了這個世界。

賀利瑪為媽媽送行，雖然眼眶泛淚，但臉上也帶著幸福的笑容。

那天之後，賀利瑪的臉上始終帶著笑容。

3 漂亮的美人魚

在一個夏季廟會的夜晚，五歲的雪蘭跟著叔叔來到了捏糖人的攤位。

老闆用各種不同顏色的糖膏捏出來的糖人簡直就像真的一樣，有龍、一對貓咪母子檔、老虎、孔雀、馬、天鳥、花束，還有裝了各種水果的籃子和城堡。

攤位上放著許許多多可愛的糖人，但雪蘭的眼睛直盯著其中一

個糖人——那是一隻美人魚。

美人魚糖人差不多是她可以捧在手上的大小，頭上是像海藻般綠寶石色的飄逸長髮，臉上露出美麗的微笑，腰部以下是嫩葉色的魚鱗，身上有金色的魚鰭，還有貝殼護胸。

雪蘭一看到這個彷彿從繪本中走出來的美人魚糖人時，立刻一見鍾情，她眼中就只有這條美人魚。雪蘭央求叔叔半天，他才終於答應買給她，雪蘭興奮得快要跳起來了。

雪蘭小心翼翼的把美人魚糖人帶回家，並把它輕輕放在一個透明的玻璃糖果瓶內。這個美人魚糖人放在圓形的糖果瓶內，看起來簡直就像是在魚缸裡一樣。

雪蘭很愛這個美人魚糖人，她像是在玩娃娃一樣，不停的和美人魚說話，就這樣連續玩了好幾天。她捨不得吃掉它。雪蘭想：「怎麼可能對這麼美麗的朋友又舔又咬呢？」

她打算把它一直留在身邊。

但是媽媽卻嚴厲的對她說：「雪蘭，你趕快把這個糖人吃掉。」

「不要，我要把它留下來。」

「雪蘭，這是麥芽糖做的，不是娃娃。」

「我知道，但我就是想要把它留下來嘛！」

「不行。我能夠理解你覺得它很漂亮，所以捨不得吃，但是這種糖人沒辦法保存很久，即使你不吃，它遲早也會融化，到時候就只能丟掉了。」

雪蘭聽完哭了起來。她很喜歡這個美人魚糖人，因為很喜歡，所以想把它一直留在手上。

「真希望這個美人魚不是糖做的，而是玻璃做的。」雪蘭邊想，邊哭了起來。

但是，這樣也沒辦法解決問題。

雪蘭知道媽媽並沒有開玩笑，因為無論她再怎麼哭，等到糖人融化，媽媽絕對會把它丟掉。

「怎樣才能保護這個美人魚呢？怎樣才能讓美人魚一直漂漂亮亮的？不管怎麼樣，我一定要把美人魚藏好。」

雪蘭坐立難安，拿起裝了美人魚的糖果瓶子。

「咦？」

雪蘭嚇了一跳，因為她發現瓶子下方有一張卡片，是一張漂亮的深棕色卡片，上頭畫了金色和綠色的圖案。

卡片上也用銀色的墨水寫了一些文字，但雪蘭不認得字。不過即使這樣，不知為何，她也能夠理解上面寫什麼。

而且她覺得這一定是寄給自己的卡片，必須打開這張對折的卡片。

她把糖果瓶放在旁邊，拿起卡片，並輕輕打開它。

卡片頓時發出了金光，雪蘭整個人都被金色光芒包圍了。

然後，雪蘭發現自己一下子從房間來到一個陌生的地方。

那是一個說亮也不亮，說暗也不暗的地方，所有的一切都像是蒙上了藍灰色般。剛剛明明還是酷熱的午後，但這裡卻溼溼涼涼的，而且安靜得令人害怕。

但是，雪蘭並不覺得害怕。因為眼前那棟房子的白色門打開了，有一隻貓從白色的門裡走了出來。

這隻一身蓬鬆橘毛的貓竟然像人類一樣，用兩隻腳站著，脖子上還繫著漂亮的領結，身穿漂亮的黑色背心。

雪蘭嚇了一跳，因為這隻貓還恭敬的向她鞠躬。

「歡迎光臨喵，老闆現在剛好不在店裡喵，但他馬上就回來了喵，請你在裡面稍等一下喵。」

雪蘭呆若木雞，她嚇到了：「牠說話了，貓竟然說話了，而且聲音超可愛……」

雪蘭立刻感到興奮起來。能夠遇到這隻貓，就像是在做夢一樣。但是，她覺得白色門內應該有更加不可思議的事。

雪蘭很想一探究竟，於是走進門內。

店裡堆滿了各式各樣的東西，簡直就像走進一間倉庫。

「哇，好壯觀！居然有這麼多東西！」

雪蘭忍不住東張西望，因為店裡的東西實在太多了，她根本來不及看，真希望自己能多二十顆眼睛，可以一次看個夠。

「那顆很大的寶石是紅寶石嗎？哇，這個娃娃的臉好可怕！咦？那把傘破洞了？……為什麼店裡放了這麼多破舊的東西？為什麼……」

雪蘭興奮的問，但貓只對她說：

「這裡是十年屋喵。」

走進店內深處時，貓告訴她很不可思議的事。

原來這裡是一個名叫「十年屋」的魔法師開的店，可以把重要的東西交給魔法師代為保管十年。只要有想要保管的東西時，就會收到魔法的邀請函。

「既然你光臨本店，就代表你收到了邀請函喵，你有什麼想要交給本店保管的東西喵？」

「有啊。」雪蘭用力點著頭，「那是一個很漂亮的美人魚，但因為是麥芽糖做的，所以媽媽叫我趕快吃掉，否則就會融化，但我真的不想把它吃掉它。」

「那是一個糖果，你卻不想吃喵？」

「是不是糖果不重要，那是我的寶貝，所以我想把它永遠保留下來。」

貓聳了聳肩，似乎無法理解雪蘭的想法。

「我不太了解你的意思，這些事還是要和老闆討論喵。在老闆回來之前，我負責招待你喵。」

「謝謝你，貓咪。」

「請你叫我客來喜喵。」

客來喜說著，把雪蘭帶去後方的會客室。

客來喜請雪蘭坐在漂亮的沙發上後，有點裝模作樣的摸了摸鬍子說：

「你的運氣真好喵。」

「為什麼？」

「因為最近我迷上做裱花蛋糕喵，今天做了一個有史以來最漂亮的裱花蛋糕喵，我要請你吃蛋糕喵。」

「蛋糕？請我吃蛋糕？」

「是喵，請你等一下喵。」

客來喜走了進去，但很快就走了出來。牠用雙手和頭頂著一個裝了大蛋糕的托盤。

雪蘭幾乎快要無法呼吸了。

因為這個蛋糕太漂亮了！整個蛋糕灑滿了亮晶晶的砂糖，彷彿是用雪花的結晶製作而成。雪蘭覺得這樣就已經夠美了，沒想到蛋糕上竟然還有漂亮的裝飾——上頭有令人眼睛為之一亮的藍色麥芽糖，那個美麗的藍色讓人聯想到水深的寧靜池塘；池塘上則是用桃仁糖膏製作的白色綻放睡蓮，看起來充滿涼意。池塘中央有一隻用砂糖做成的白色天鵝，張開翅膀的身影簡直像女王般華麗優雅。

雪蘭目不轉睛的看著蛋糕，幾乎忘了眨眼。她之前曾在親戚的婚禮上看過豪華婚禮蛋糕，是用粉紅色巧克力做成的玫瑰，但眼前的這個蛋糕更美麗。

客來喜得意的開口說：

「怎麼樣？你喜歡嗎？」

「好厲害！我從來沒有看過這麼漂亮的蛋糕！」

客來喜聽到雪蘭這麼說，更加得意的挺起了胸膛。

「真是太高興了喵，我對味道也很有自信喵，請你嚐嚐看喵。」

客來喜說完，就拿起一把很大的蛋糕刀，然後毫不猶豫的準備切蛋糕，雪蘭卻忍不住驚叫起來。

「不行！」

「喵嗚！」

客來喜的尾巴一下子膨脹起來，看起來就像是一枝刷地板的刷子。

「喔喔，嚇了我一跳喵。怎、怎麼了喵？」

「你還問我怎麼了！你想幹什麼？」

「幹什麼？當然是切蛋糕喵，不切蛋糕怎麼吃喵？再怎麼喜歡，你一個人吃這麼大一個也太多了喵。」

「不行！我說這樣不行！怎麼可以把這麼漂亮的蛋糕吃掉！」

客來喜為難的偏著頭。

「但是，蛋糕就是要用來吃喵，我做這個蛋糕，就是希望給客人和老闆吃喵。」

「……」

「你該不會是不想吃蛋糕喵？你討厭吃蛋糕喵？」

「不、不是這樣，我當然很愛吃蛋糕啊，但是……不是這樣啦……」

雪蘭很著急，拚命思考著該怎麼表達自己的意思。

「客來喜，你做了這麼漂亮的蛋糕，結果被人吃掉，你不會覺得難過嗎？你做這個蛋糕應該也很辛苦吧？難道你不想把它留下來嗎？一旦吃了，不就什麼都沒有了嗎？」

「但我下次還可以做更棒的蛋糕喵。」客來喜露出了微笑。

「做蛋糕沒有止境喵，就好像走樓梯一樣，做完一個之後，就可以再做下一個喵。下次要做怎樣的形狀，要用哪些水果或是奶油，光是思考這些，就是一件快樂的事喵。」

「……」

「而且，蛋糕也不會消失喵。」

「啊？」

雪蘭滿臉驚訝，客來喜把小手放在自己的胸前，接著說：

「做了漂亮的蛋糕，然後客人很高興，這些回憶全都會留在我的心中喵，所以，即使蛋糕被吃完了，也絕對不會消失喵。」

雪蘭恍然大悟——即使吃完了，仍然可以留在心中，所以並不會消失。

她覺得這句話震撼了她的心，心裡的疙瘩也像肥皂泡一樣消失了。

雪蘭一臉茫然，客來喜擔心的說：

「如果你堅持不可以，那我就不切了喵，那你要不要喝冰淇淋汽水喵？」

「不，我還是想吃蛋糕。」

「那我可以把它切開了喵？」

「嗯。」

客來喜放心的用刀子切蛋糕。

雪蘭忍不住屏住了呼吸。她雖然已經做好了心理準備，但看到那麼漂亮的蛋糕在轉眼之間就被切開了，心裡還是很難過。

但是客來喜完全不以為意，牠不停的用刀子切著蛋糕。牠切了一大塊，連同白色天鵝的砂糖裝飾放在雪蘭的盤子上。

「來，請享用蛋糕喵。」

「那我先開動了。」

雪蘭帶著一絲難過的心情，把蛋糕放進嘴裡。

當她吃了一口之後，立刻眉開眼笑，幸福的心情馬上取代了「蛋糕被毀了」的傷心感覺，因為蛋糕實在太好吃了。

裡面加了滿滿的檸檬奶油，清新的香氣和酸酸甜甜的感覺實在太美味了，海綿蛋糕也很滋潤，和奶油非常搭，表面砂糖的顆粒口感也很出色。

「好吃！太好吃了！」

「那真是太好了喵，請你多吃一點喵。」

「嗯，我要吃，我還要吃。客來喜，你太厲害了，會做這麼漂亮、又這麼好吃的蛋糕。我也很希望可以像你一樣。」

「我相信你一定可以做到喵。」

「嗯，我要努力看看。啊，太好吃了！」

雪蘭專心吃著蛋糕，客來喜開心的注視著她。

雪蘭吃了兩塊蛋糕，就吃飽了。雖然很想再吃，但她真的吃不下了。

客來喜請雪蘭喝牛奶，一臉擔心的看著壁燈上方的時鐘。

「老闆怎麼還沒有回來，要不要我去叫他喵？」

「不，不用了，因為我決定不要寄放美人魚的糖人了。」

「喵？」

客來喜可能事先沒想到雪蘭會這麼說，手上的牛奶壺差點掉到地上。

「這、這樣沒問題喵？」

「嗯，我吃了你的蛋糕後，充分了解到一個道理——食物就該趁好吃的時候吃掉，所以我要回去了。」

雪蘭語氣堅定的說完，跳下沙發。客來喜驚訝的眨著眼睛，帶著她走去白色的門時說：「要回家的話，請走這裡喵。」

走出大門之前，雪蘭緊緊抱住了客來喜。

「客來喜，謝謝你，蛋糕真的很好吃。……我已經決定了，我也要來學做蛋糕，而且要做出很漂亮的蛋糕，我以後一定要做出讓你也嚇一跳的蛋糕。」

「太期待了喵，到時候一定去找你請我吃蛋糕喵。」

十年屋

「嗯，我會請你來吃，一言為定，那我走囉。」

雪蘭露出開心的笑容，打開了門，衝到門外，只留下客來喜一臉搞不清楚狀況的表情站在店裡。

「她真的回去了喵。……第一次遇到客人來這裡之後，什麼都沒有寄放喵。」

「等一下要向老闆報告。不過老闆怎麼還不回來？」

客來喜想著這些事，走回會客室去收拾。

那天下午，雪蘭的媽媽經過雪蘭房間時，探頭張望了一下，立刻瞪大了眼睛。

因為雪蘭正一邊吃她心愛的美人魚糖人，一邊畫畫。

「之前堅持不願意吃掉那個糖人，怎麼又突然想通了？」媽媽擔心的走過去。

「雪蘭……」

「嗯，媽媽，有什麼事嗎？」

「那個……你決定吃掉美人魚糖人了嗎？」

「嗯，因為這是個糖人啊，既然是糖果，當然要吃掉，而且我已經知道，即使把它吃掉了，它也不會消失。」

「這、這樣啊。雖然媽媽搞不清楚是怎麼回事，但真是太好了。」

媽媽忍不住納悶，搞不清到底發生了什麼事。她看著雪蘭畫的畫說：「啊喲，畫得真漂亮。這是什麼？貓咪嗎？」

「嗯，牠叫客來喜，會說話，而且還是做蛋糕的高手喔。」

「這個是你，對嗎？」

「嗯，我和客來喜一起做蛋糕。」

「這個蛋糕真大，有三層耶。」

「還沒畫好呢，我還要再畫裱花裝飾，周圍要黏很多貝殼形狀的桃仁糖膏，接著要用水藍色的鮮奶油做海浪。」

「原來是要做成大海的樣子啊。」

「對呀，蛋糕的最上面要放一艘月牙船，然後要做一個和客來喜一樣的貓放上去。那隻貓也是用糖人做的，我還要把美人魚的糖人一起放上去。媽媽……」

「什麼事？」

「我以後真的會把這個蛋糕做出來。」雪蘭說著，開心的用色鉛筆繼續畫畫。

4 悲劇的腿

十歲的亞娜很希望成為眾人矚目的焦點，她隨時都希望別人注意她，而且也想聽到別人稱讚她「好厲害」。

可惜她並不是一個能夠讓別人稱讚的女生。她既沒有特別可愛的外表，功課也不好，運動能力也沒有特別強，更沒有可以成為音樂家或是藝術家的才華，而且她也不願意努力提升自己在這些方面的能力。

所以她開始說謊，用謊言讓自己看起來很厲害。

比方說，只要有同學說：「我暑假去了海邊！」，她會立刻插嘴：「我也去了我爸爸朋友家的別墅，那棟別墅好大，簡直就像宮殿一樣。」，設法搶走別人的話題。

當另一個同學說：「我想挑戰打一件毛線衣。」亞娜立刻說：「我以前經常打毛衣，還幫我爸爸和弟弟都打了毛衣呢。」不過，當同學要求亞娜教他們怎麼打毛衣時，她就急忙推說：「不好意思，我之前眼睛受過傷，現在看不清楚針線的位置，所以不能打毛線了。」

每個人都想要引人注目，受到他人的稱讚，或許也難免會因此說一、兩次謊。但是，亞娜的情況完全超出正常人的行為。只要一有人被稱讚，或是受到矚目，她就無法忍受，想要取代那個人，成為被大家注意的對象，於是她很自然的說起謊來。

「我們家其實很有錢，家世也很好，但爸爸和媽媽門不當戶不對，所以就跟家人斷絕了關係。但我相信爺爺應該很快就會原諒他們，到時候，我就可以成為像公主一樣的千金小姐了。」

「老師，你知道嗎？我舅舅是個很有名的詩人，所以我也有詩人的基因，是不是很厲害？」

「她的畫畫會得獎，是因為我沒有認真畫的緣故，就只有這次禮讓她，讓她得獎而已，因為每次都是我得獎也很不好意思。」

「是喔，你爸爸買了新車嗎？我們家也剛買新車，是最新型的車子喔，外型超帥。你想要看？對不起，因為我表哥說要開我們家的新車去約會，所以把車子借走了，暫時不會還給我們。」

照理說，一個人整天說謊，會覺得自己很可悲，但亞娜完全不覺得。「說謊」對亞娜而言，就像呼吸一樣簡單。她說了一個又一個謊言後，漸漸覺得「事實就是這樣」。

只不過她說了太多謊，漸漸露出破綻。

大家慢慢發現亞娜愛說謊。

「亞娜有問題。」

「她還說有男生寫情書給她，你相信嗎？」

「她突然對我說，她已經有喜歡的人了，沒辦法和我交往，說得好像我喜歡她一樣，簡直莫名其妙。」

「她哭著說，吉奧欺負她……不就是吉奧丟球時，不小心打到她的腳嗎？吉奧又不是故意的，而且那根本不算什麼欺負啊，她真的很有問題。」

「她說家裡很有錢，但之前又說她是在森林裡被撿到的，到底哪一個才是真的？」

「一定都是騙人的，她最愛吹牛了。」

慢慢的，大家覺得亞娜愛吹牛，沒人相信她說的話，也都很討厭亞娜，漸漸不理她，不只是她的朋友一個又一個離開她，就連家人也很受不了她。

「亞娜，你夠了沒有！為什麼要整天說謊呢？」

「愛說謊的人沒有好結果，亞娜，我真的很擔心你。」

之前爸爸還會罵她，媽媽也會哭著勸她，但現在他們什麼都不說，懶得理會她。

亞娜發現大家漸漸不理自己，忍不住緊張起來。

「為什麼？為什麼只有我這麼慘？我只是希望別人注意我，希望別人稱讚我，說我很厲害，這件事真的有這麼大的問題嗎？不，是大家有問題，大家都不關心我。」

亞娜無法理解自己的謊言讓別人感覺很不舒服。但是，她很清楚一件事：照這樣下去，真的沒有人會理她了。對她來說，這才是最可怕的事。

「即使大家不羨慕我，不覺得我很厲害也沒關係，但我希望他們至少會關心我，多看我幾眼……我到底該怎麼辦呢？」亞娜絞盡腦汁思考這個問題。

有一天，她在路上看到一個女人。那個女人的腿似乎受了傷，腳上包著繃帶，拄著拐杖走路。有一個男人路過時，親切的對那個女人說：「你的腿很不方便吧？我幫你拿東西。」

「啊，這怎麼好意思，我們素昧平生，這樣太麻煩你了。」

「別客氣，有困難的時候就要相互幫忙。」

男人說完，幫女人拿了手上的東西。

「這真是個好主意！」亞娜立刻想到了好點子——只要自己假裝

生病或是受傷，大家就會擔心自己，也會問：「你還好嗎？」隔天出門時，她偷偷把家裡的繃帶帶在身上，然後在上學途中把自己的手臂包起來。走進教室時，她假裝痛得皺起了眉頭，結果之前不理她的同學立刻圍了上來。

「亞娜，你的手臂怎麼了？」

「哇，還包了繃帶，一定很痛……」

「沒問題嗎？」

大家的視線都集中在亞娜身上，紛紛關心她，她高興得不得了。

「我沒事，昨天幫媽媽做事時，盤子掉下來，盤子碎片刺進我手臂。」

「哇，光聽就覺得很痛苦。」

「有、有沒有流血？」

「流超多血，縫了十針。」

「好可憐喔！」

「亞娜，原本今天輪到你去花圃澆水，我幫你去澆吧。」

「亞娜，今天放學要不要一起走？我可以幫你拿書包。」

「謝謝。」

感受到大家同情的眼神，亞娜簡直高興得快飛上了天，忍不住食髓知味。

「我想要讓大家更擔心，讓大家對我更好。」亞娜心想。

在那之後，她經常裝病，或是假裝受了傷。

當她腿上包著繃帶，一瘸一拐走路時，就連陌生人都會關心她；當她呻吟著說自己頭很痛時，大家都會關心的問：「你還好嗎？」這些關心就像美味食物的滋味，讓亞娜歡天喜地。

但是，這種情況不可能一直持續。

「你不覺得她的手臂根本沒有傷痕嗎？不久之前還包了繃帶，竟然完全沒有留下傷痕，太奇怪了。」

「她整天說她頭痛或是肚子痛，也未免太頻繁了，而且她從來不去保健室。」

「搞不好她是在裝病。」

「不會吧，即使再怎麼愛吹牛，應該不至於在這種事情上吹牛吧？」

「如果是亞娜的話，很難說。」

連老師似乎也起了疑心，他對亞娜說：「我想找你爸爸或媽媽談一談，你可以問一下他們什麼時候有空嗎？」

亞娜臉色發白，覺得這下子事情不妙。如果大家知道受騙，一定會真的很生氣。當初他們有多擔心亞娜，就會有多生氣，而且如果被爸爸媽媽知道了，一定會痛罵她。

「必……必須趕快想辦法。」

「要不要真的把腿摔斷？但我很怕痛，而且又擔心會留下後遺症……只要一陣子就好，真希望可以把健康的手或腳寄放在一個地方，讓大家覺得我是真的受傷了。」亞娜心想。

正當她慢吞吞走回家，一路想著這種會遭到報應的想法時，發現自己的裙子口袋裡好像有什麼東西。

她拿出來一看，發現是一張從來沒有看過的深棕色卡片。

她立刻認為那一定是誰寫給自己的情書，但沒有勇氣當面交給自己，所以才偷偷放進自己口袋裡。

亞娜忘記了原先的煩惱，沒有看寄信人的名字，就打開了卡片。卡片立刻發出了光芒，並包圍著她。

「啊！」她忍不住用雙手的手臂遮住了臉。

過了一會兒，她發現光不見了，才戰戰兢兢把手放下。

她愣住了。

剛才她明明走在回家的路上，現在卻站在一排有紅磚房子的灰濛濛小路上，小路上很安靜，沒有人影，只有白色的霧。

亞娜立刻感到不安，她最討厭孤單一人，於是急急忙忙走向一棟有白門的房子。因為只有那棟房子亮著燈光，那裡面一定有人。

「不好意思！請問有人在嗎？」

她猛然打開門，發現裡面堆滿了各種東西。

「這是是倉庫嗎？不，看起來更像間二手商店，有許多東西都已經壞掉了，這種東西賣得出去嗎？」亞娜歪著頭納悶。她繼續往裡面走，看到店面後方有一個男人。

那個男人是亞娜喜歡的類型，有著一頭柔軟的栗色頭髮和溫和的五官，而且他看起來帥氣有型，個子也很高，還戴了一副瀟灑的眼鏡，還有一雙令人怦然心動的琥珀色眼睛。

男人客氣的向她鞠躬。

「歡迎光臨，歡迎來到十年屋。」

「十年屋？」

「是，既然你來到本店，是不是想要寄放什麼物品？本店可以為客人保管任何東西？」

「怎麼可能保管任何東西……這根本是騙人的吧。」

「你認為是騙人的嗎？」

亞娜在他那雙琥珀色眼睛注視下，突然恍然大悟。

「你是魔法師吧。哇，太猛了！我竟然遇到了真正的魔法師，這下子真的可以向大家炫耀了！」亞娜雙眼發亮，立刻抱住眼前的魔法師。

「這、這位小姐？」

「沒錯，我相信你真的是魔法師！哇，真是太感動了！你聽我說，我現在很傷腦筋！大家都欺負我，我真是受夠了，學校、老師和同學都好過分，所以我希望自己的腿受傷。因為、因為……」

亞娜認為，無論如何她都要打動眼前這位魔法師的心，讓他實現自己的願望。

她做夢都不會想到，自己說的這些話、充滿謊言的故事，甚至是偶而抬頭詢問：「我是不是真的很可憐？你趕快說我很可憐！」這些都會讓別人覺得很不舒服，但她依舊拚命說個不停。

十年屋完全無法插上一句話，他原本要問她：「要不要先到會客室喝杯茶？」但連這句話都沒有機會說。

當亞娜一股腦說完話時，他也不想問了，因為他覺得很厭煩，只希望這個客人趕快離開。

在後方待命的管家貓客來喜似乎也有同感，所以完全沒有露臉。

「好，我了解了。」十年屋打斷了還想繼續說下去的亞娜，「那麼本店就為你保管『健康的腿』。」

「可以嗎？」

「可以。雖說是保管，但你並不會真的失去你的腿，而且你應該也不想這樣吧？」

「嗯，而且我也不希望會痛。」

「既然這樣，本店就為你保管健康雙腿的『外表』，你應該可以了解吧？只是會看起來不健康而已，實際上完全沒有問題，可以走路，也可以跑步，當然也不會有任何疼痛。」

「醫生不會看出我在裝病嗎？」

「絕對不會，他們應該會認為是不明原因的疾病。」

太棒了，亞娜拍手叫好，因為這正是她想要的。

「這個人太棒了，這個提議完全符合我的要求，簡直就像故事中出現的騎士，不知道他能不能一直保護我呢？」

亞娜神情怪異的看著十年屋，但十年屋完全不理會她，只是淡淡的向她說明合約的事——保管期限最多十年，而且必須支付一年的時間作為費用。時間一旦支付，就無法歸還。

亞娜接受了所有的條件，沒有半句怨言，就在合約上簽了名。

「來吧，趕快施展魔法！快在我身上使用魔法。」

亞娜興奮的站在那裡，只見魔法師做了一個奇怪的動作，把手舉到亞娜的雙腳前，然後向旁邊一滑。

「好了，已經完成了。」

「啊？這樣就結束了？」亞娜完全沒有任何感覺，她忍不住偏著頭，然後低頭看著自己的腳。

「啊！」她忍不住叫了起來。因為在亞娜裙子下露出的雙腳突然長滿了紅色和綠色交錯的魚鱗，還發出奇怪的光，可怕得讓人看了就不寒而慄。

她難以相信自己雙眼看到的東西，雙腿一軟，癱坐在地上。一隻鞋子剛好掉了，露出腳掌，才發現腳掌竟然變成了蒼白的尾鰭。

「這不是人的腳，根本就是妖怪的腳啊。啊！這、這是什麼？這是什麼嘛！」

「請你安靜，只是外表變化而已，你可以站起來試試看。」

「沒辦法！我的腳變得像魚一樣了！」

「沒問題，這真的只是外表而已。你可以站起來，你看！」

亞娜在魔法師的攙扶下，戰戰兢兢站了起來。她的確可以正常站立，然後稍微走了幾步，既不覺得疼痛，也沒有任何異狀。

魔法師真的只改變了亞娜雙腳的外觀。

亞娜一開始雖然大吃一驚，但很快露出了笑容。太好了，現在無論任何人只要看到她的腳，都不會覺得她在裝病，不僅如此，最近對她很冷淡的父母，應該也會臉色大變，關心她到底出了什麼事。

「你滿意嗎？」十年屋問。

「非常滿意，魔法師先生，謝謝你，你是我的恩人。」

亞娜眨了眨眼睛，注視著十年屋，但十年屋依舊無動於衷，只是冷靜的對她說：

「當你想恢復原狀時，只要用力想『我想取回我的腳』，就可以再次來到本店。嗯……那麼你是不是該回家了？」

「雖然該回家了，但我的腳現在這樣，在街上大步走著不是很奇怪嗎？……你可以送我回家嗎？」

「好，恕我失禮了。」

十年屋說完，輕輕把她抱了起來。亞娜覺得自己好像變成了公主一樣，這一切簡直就像在做夢。

亞娜拚命忍著笑容。十年屋抱著她，走出店外，然後帶她回到家門口。

「亞娜，你回來……啊！你、你怎麼了？」

媽媽看到亞娜被一個陌生男人抱在懷裡，嚇得臉色發白。十年屋平靜的對亞娜的媽媽說：

「你的女兒倒在路上無法動彈，所以我送她回來，那麼，我就告辭了。」

十年屋把亞娜放下後，就轉身離開了。

雖然亞娜來不及說向他再見，但她決定不去在意，因為她看見媽媽正驚慌失措的跑了過來。

「啊啊，亞娜！亞娜！你的腳怎麼了？等、等一下，我打電話去爸爸公司，叫爸爸馬上回家，然後開車送你去醫院。」

「好，媽媽。」

「啊，亞娜！你太可憐了。」

媽媽難得把她緊緊抱在懷裡，但亞娜卻在心裡偷笑。

在那之後也接連發生了讓亞娜心情很好的事。

首先，爸爸上氣不接下氣的跑回家。

然後她到了醫院後，護理師都跑過來問：「怎麼了？」

其中，醫生的反應最令亞娜感到滿意。

一個身材高大，年輕又英俊的醫生聽到護理師的叫聲後，跑了過來——那個醫生名叫索朗，是專門治療足部疾病的醫生。

亞娜一看到索朗醫生，就立刻喜歡上他了。他一臉嚴肅的檢查亞娜雙腳的樣子，讓她內心小鹿亂撞。

「我希望這個醫生關心我，希望他能持續擔心我，希望他能用溫柔的話安慰我。」

亞娜眼眶泛淚的抓著索朗醫生說：

「醫生，請你救救我！我的腳突然變成這樣了！兩隻腳都沒有力氣，也沒有感覺，沒辦法走路了！」

「別擔心，你不用擔心。雖然我之前沒有看過這種症狀，老實說，我也不知道該怎麼治療，但無論如何，我都會幫助你解決問題，所以我們一起努力。」

「好！」

於是，亞娜開始住院治療。她每天都躺在病床上，假裝雙腳無法動彈，想要去哪裡時，就要別人抱她，或是坐在輪椅上。

雖然假裝無法走路也有不方便的時候，但是亞娜欣然接受這種不方便。

因為家人整天都陪著她，學校的老師和班上的同學也會來醫院探望她，無論是醫生或護理師都很溫柔，很有耐心的為她做檢查，也會為了她變得像魚一樣的腳感到擔心。這一切對亞娜來說，簡直太完美了。

索朗醫生更是盡心盡力的治療她，嘗試各種藥物，也閱讀大量論文和醫學書，努力治療她的疾病。

索朗醫生的眼睛和心都集中在亞娜身上，這件事讓亞娜高興得顫抖，很希望這樣的時光可以持續一輩子。

有一天，索朗醫生和亞娜商量。

「我想發表一篇關於你的腿部疾病的論文，因為這是罕見病例，我相信很多醫生都會有興趣。只要他們能提供協助，或許就可以找到治療方法。」

「如果你認為這樣做比較好，我沒問題。」

「謝謝，你真乖巧。喔，另外，我要拍幾張照片，可以嗎？因為要論文上需要附上照片。」

「可以啊，只要對你有幫助，都沒有問題。」

亞娜聽到醫生稱讚她很乖，忍不住呵呵笑了起來。

拍完照片一個星期後……

❖

有一天，亞娜躺在醫院的病床上，媽媽不在身邊。因為亞娜說想吃櫻桃，所以媽媽幫她去買櫻桃了。

最近無論亞娜提出什麼任性的要求，媽媽都會滿足她。

「在媽媽買櫻桃回來之前要做什麼呢？雖然有點無聊，但一個小時後，索朗醫生就會來病房，不知道他今天會對我說什麼溫柔的話語？會不會對我說，等病好了，約我一起去動物園呢？」

亞娜光是想像這件事，就忍不住眉開眼笑。

這時，門打開了，有人走了進來。躺在病床上的亞娜看向病房門口。

那裡站了兩個身穿護理師制服的男人，但奇怪的是，一般的護理師都是面帶笑容，但這兩個人臉上完全沒有笑容，他們賊頭賊腦，眼神很銳利。

亞娜從來沒有看過這兩個護理師，忍不住感到不安。

「有什麼事嗎？你們要來更換床單和睡衣嗎？」

那兩個男人沒有理會亞娜的問題，自顧自的小聲討論。

「就是她嗎？就是她說了天大的謊言嗎？」

「對啊，我剛才聽到醫生在討論，說三〇五病房的病人的腳有問題。做了那麼多檢查，骨骼和血液檢查都完全找不到任何異常，而且那張照片也可以證明這一點，從照片上來看，根本沒有任何異常。而且另一位醫生也說，說不定是因為用了魔法。魔法可以欺騙人類的眼睛，卻無法欺騙機器，所以照片可以拍出她腳上的真實情況，也就是說，那些照片上拍到的才是真正的樣子。」

「喔喔，所以這個女孩使用了魔法欺騙別人嗎？她的確是說謊老手呢。不錯不錯，完全符合高樂夫人的要求。」

「那我們就把她帶走嗎？」

「對。」

接下來的一切在轉眼之間發生。那兩個男人以迅雷不及掩耳的俐落動作，摀住了亞娜的嘴，綁起她的手腳，把她裝進一個大袋子。

在綁住袋口之前，其中一個男人對渾身發抖的亞娜說：

「別擔心，我們不會要你的性命。以後你會在高樂夫人的糖果工廠當女工。小妹妹，你該感到高興啊，在工廠裡，你可以盡情說謊，因為高樂夫人最愛吃加了謊言的糖果。只要能夠讓高樂夫人感到高興，你就可以過好日子，只是要記住喔，千萬不能哭喔，如果高樂夫人吃到有眼淚味道的糖果，你就會馬上遭到處分。如果你想保住小命，就拚命說謊吧！好好加油囉。」

男人不懷好意的笑了笑，綁住了袋口。

亞娜被裝在袋子裡，感覺到自己被帶去某個地方。她想大叫，卻發不出任何聲音。她拚命掙扎，但拎著袋子的手立刻用力捏她。

亞娜覺得痛死了，所以不敢再動。

她嚇得流下眼淚。

「為什麼、為什麼？什麼高樂夫人？糖果工廠？不要！我才不想去那種地方！唉，為什麼會變成這樣？」

但亞娜心裡明白原因——就是因為她整天愛吹牛，所以被這兩個在找說謊老手的男人盯上，因此才會被綁架。

「早知道就不說謊了。如果不欺騙大家，就不會發生這種事了。」她現在終於知道媽媽以前說：「愛說謊的人沒有好結果。」這句話的意思了——亞娜遭到了最慘的報應。

「嗚……對不起，對不起，我道歉，隨便大家怎麼生我的氣，隨便怎麼罵我都沒有關係，求求你們救救我。我不想去那個叫高樂夫人的地方，我也不想去糖果工廠當女工。只要能夠救我一命，我以後再也不說謊了。」亞娜泣不成聲，不停的道歉、懊惱，祈求有人能夠救她。

但是，她沒有想起魔法師十年屋，也忘了十年屋對她說的話。

「當你想恢復原狀時，只要用力想：『我想取回我的腳。』，這樣就可以再次來到本店。」如果她記住這句話，或許可以得救。

她只要強烈希望自己的腳恢復原狀，或許就可以立刻回到魔法師身邊，逃離這兩個男人。

但是，亞娜沒有想起來。因為她當時沒有仔細聽十年屋說話，所以沒有將十年屋的話記在腦海中。

這個整天說謊的膚淺少女就這樣被帶入一片黑暗之中。

5 出乎意料的寄放物品

這天早晨，十年屋和管家貓客來喜一起吃著豐盛的早餐。

他們準備了鬆軟多汁的歐姆蛋、煎得香脆的培根、用現採的蔬菜做的綠色沙拉，厚片土司上抹了滿滿的大蒜奶油醬，再加上新鮮的柳橙汁。豐富的早餐當前，覺得自己簡直像國王。

但是，當客來喜準備去拿李子當飯後水果時，聽到「噹」的一聲，好像是敲響掛鐘的聲音，接著天花板上出現了一個很大的圓形

東西。

那個幾乎比客來喜還大的泡泡靜靜的降落，泡泡像氣球一樣，綁著一根銀線。

客來喜知道那是專門放十年屋保管物品的泡泡，無論發生任何狀況，泡泡內的物品都不會損傷，也不會腐壞。

而且牠還知道另一件事——當泡泡突然出現時，代表物主已經放棄原本寄放的物品，也就是物品正式歸十年屋所有了。於是，這些物品就會放在店裡，等待新的買主出現。

「但這個泡泡裡裝的是什麼啊？」客來喜忍不住偏著頭。

這個泡泡裡的東西沒有形狀，只是一團黏稠的黑色東西，就像霧或是水一樣，流來流去。而且如果一直注視這團黑色的東西，感覺內心似乎會被帶往黑暗的世界一樣。

客來喜慌忙移開視線，問十年屋：「那是什麼喵？」

「喔喔，這是某位客人的想法。當初接下這個客人的委託時，你還沒有來這裡。」

「看起來好像不是很乾淨喵。」

「沒錯，深沉的顏色的確有點讓人害怕……委託這個的人原本想要委託我保管其他東西。」

十年屋回想起往事，露出凝望遠方的眼神，開始說了起來。

❊

那個女人可能遇到驟雨，渾身都溼透了。她雖然年紀很輕，但滿臉憔悴，眼睛下方有黑眼圈，衣衫襤褸，簡直就像是不幸的化身，她的眼神中充滿深刻的悲傷和不安。接待她的十年屋覺得她簡直就像被逼入絕境的野獸。

那個女人似乎對突然被魔法帶來這裡感到不知所措，她看著十年屋，陷入了茫然。她纖細的手臂裡抱著一個很大的籃子，十年屋猜想她要委託保管的東西就放在籃子內。

但是，他打算等一下再討論這個問題。畢竟當時天氣很冷，身上穿著溼衣服會凍壞，所以必須先讓她喝點熱飲，而且她可能還需要吃點東西。

十年屋盡可能用溫柔的聲音對她說：

「歡迎光臨本店，這家店叫十年屋，可以為客人保管任何物品。」

「保管……」

女人混濁的雙眼亮了起來，好像閃過一道閃電。

「真、真的可以為我保管嗎？不管什麼東西都可以託管嗎？」

「對，我們去後面慢慢聊，請先進來，我會提供簡餐給你。」

女人可能被「簡餐」兩個字吸引，順從的跟著十年屋走進店裡。

十年屋把她帶到客會室後，立刻在壁爐生了火，並把柔軟的毛毯蓋在女人身上。然後泡了熱茶，並把原本準備要當作午餐的三明治和南瓜湯端到她面前。

女人狼吞虎嚥的吃了起來，彷彿已經好幾天沒吃飯了。十年屋發現她可能沒吃飽，於是又拿出珍藏的鮮肉派招待她。

那個女人在把鮮肉派也吃光後，才終於有活過來的感覺，不過她隨即害羞的垂下眼睛。

「對不起……我太丟臉了。」

「不，能夠合你的胃口真是太好了。現在可以談正事了，你打算寄放什麼呢？」

十年屋果然沒有猜錯，女人把籃子遞給他，並說：

「我想寄放這個，現在、馬上，拜託你了。也可以把他送給你，總之，我不能繼續把他留在身邊。」

「是嗎？但我要先確認一下裡頭是什麼。」

籃子上蓋了好幾層毛巾，十年屋掀開毛巾，看到裡面的東西時，忍不住大吃一驚。

「嬰、嬰兒……」

那是個差不多六個月大的嬰兒，雖然睡得很熟，但氣色不太好。十年屋慌忙把嬰兒抱了起來，確認那個嬰兒有沒有著涼，尿布有沒有溼掉。女人把頭轉到一旁，不看嬰兒一眼。

十年屋又拿出一條毛毯裹住嬰兒後，才看著女人問：

「這是你的孩子嗎？」

「對……」

「你要委託本店保管你的孩子？……恕我冒昧請問，你知道本店是一間魔法師開的店嗎？」

「我當然知道這種事！」

女人露出咄咄逼人的眼神，直瞪著十年屋。

「我也知道你現在在想什麼！你是不是覺得我這個媽媽很過分？沒錯！我根本不應該當媽媽！我沒有工作，也沒有錢！公寓的管理員和鄰居每天來向我抱怨，說嬰兒很吵，而且我也快被趕出那個公寓了。一個無家可歸的女人，怎麼可能可以把孩子養大！你難道不這麼認為嗎？」

「請、請你不要激動，我並沒有在責怪你。請問你的先生呢？有沒有家人或是親戚可以投靠？」

「怎麼可能有！我老公在孩子出生之前就離家出走了，我不知道他人在哪裡，也不知道他在幹什麼！我已經好幾年沒有和家人聯絡了，即使聯絡家人，他們也不會理我，只會說和他們無關。你根本無法了解一個無家可歸女人的心情！」

女人一口氣說完之後，立刻像受驚的小孩子一樣低下了頭。

「繼續這樣下去，我怕自己會傷害這個孩子。每次聽到他哭，我就感到心寒，有時候會變得很凶殘……我已經無路可走了。越是想要好好生活，越是想要當一個好媽媽，情況就越糟。我……必須在我開始傷害這個孩子之前，讓他遠離我，拜託了。」

女人用疲憊不堪的聲音小聲說道，十年屋忍不住抓著頭。

「嗯，也不是不能保管。」

「真的嗎？」

「對，但是……這樣真的好嗎？」

「這樣當然是最好的，因為只要讓他離開我身邊就好。」

女人的決心比石頭還堅定。

十年屋嘆著氣說：

「那我向你說明合約的問題，本店可以為顧客保管物品的時間上限是十年，但客人必須支付一年的時間，也就是一年的壽命作為保管費用，這樣可以嗎？」

「一年的壽命根本不是問題，我可以付兩年，五年也沒問題。」

「一年的壽命就足夠了！在這十年期間，你可以隨時來取回託管的物品，這次保管的對象是嬰兒。十年的期限屆滿時，本店會通知你。」

女人大吃一驚，再度瞪大了眼睛。

「請問……如果過了十年，仍然沒有來領取呢？這個孩子會怎麼樣？」

「到時就歸本店所有，通常會作為商品陳列在本店，但因為是嬰兒……，我想應該會送去茨露婆婆那裡。」

「茨露婆婆？」

「她是一位改造的魔法師，她的魔法是會把主人不想要的物品改造成全新的商品。對了，我帶你去茨露婆婆的店裡參觀一下，你應該就知道了。」

十年屋說完，拿出紫色粉筆，在地上畫了移動的魔法陣，然後牽著那個客人的手，把嬰兒抱在手上，站在魔法陣的中央。

「去改造屋。」

在十年屋說完話的同時，周圍立刻改變，會客室裡開始扭動融化。他們很快就抵達到另一棟房子。

在一眨眼的工夫，他們就來到了和十年屋完全不同的另一家店。這家店裡有各式各樣的玩具和五彩繽紛的串珠飾品，還有氣質高雅的衣服，以及精美的香水瓶，都是一些充滿迷人魅力的商品。

女人看得目瞪口呆，這時，店鋪的老闆出現了。

「啊呀呀，真是稀客啊。」

「啊！」

女人驚訝得倒退了一步。但這也不能怪她，因為改造魔法師茨露婆婆外表很有「個性」。

茨露婆婆戴了一副鏡片很厚的眼鏡，剪成學生頭的頭髮染成鮮豔的粉紅色，頭上戴了一頂很大的帽子，帽子頂像針墊一樣插著待針，剪刀和毛線球都放在帽簷上。而且茨露婆婆把各式各樣的鈕扣像串珠一樣，全縫在身上的洋裝上。

那個女人以前可能從來沒見過，也沒聽過這麼奇妙的婆婆，所以呆若木雞的站在那裡。

茨露婆婆沒有理會她，對十年屋說：

「今天吹的是什麼風？你竟然會主動來找我。」

「因為我想帶店裡的客人來參觀你的店。」

「什麼意思？這是怎麼回事？」

十年屋向她說明情況後，茨露婆婆雙眼一亮。她的眼神令人感到害怕。

茨露婆婆轉頭看向女人說：

「所以，你不要這個嬰兒了嗎？既然你會擔心十年後的情況，是不是意味著你不想要這個孩子了？」

「這……」

「既然這樣，事情就簡單了，這個孩子給我吧，現在就給我。」

女人瞪大了眼睛，茨露婆婆語氣堅定的說：

「我討厭拖拖拉拉，既然要做，現在馬上就動手，我可等不了十年後。如果你不想要這個孩子，那就送給我吧，我會把他做成可愛的絨毛娃娃。」

茨露婆婆說完，從頭頂的帽子上拿下大剪刀，準備揮向十年屋手上抱著的嬰兒。

「住手！」

女人發出刺耳的尖叫聲撲了過去，從十年屋手上搶過嬰兒，把他緊緊抱在懷裡，不讓茨露婆婆碰到他。

茨露婆婆就像童話故事中的壞巫婆一樣，用可怕的、令人心驚膽跳的聲音說：

「你怎麼了？為什麼不願意了呢？只要把他變成絨毛娃娃，既不會哭，也不需要換尿布，你只要想抱的時候，抱一下就好，還可以把他留在身邊了。」

「不、不……這、不、不行……」

女人臉色蒼白，渾身發抖。十年屋靜靜的對她說：

「我就知道。」

「啊？知、知道什麼？」

「我知道你是個深愛孩子的好母親。」

「……」

「第一次見到你時，你渾身溼透，但籃子裡的嬰兒完全沒有溼，那是因為你用身體保護籃子，不讓籃子淋到雨，因為你想保護這個孩子，對不對？」

「不知道！我、我不知道這種事。」

「你說想讓這個孩子遠離你，但是，你也很愛這個孩子。……一旦放手，你應該會後悔，不是嗎？」

女人聽到十年屋溫柔的聲音，忍不住啜泣起來。

「但是……我真的沒辦法……我、我不知道該怎麼辦才好……」

「不然這樣好不好？你不要把孩子寄放在我店裡，而是改寄放目前的想法，你認為如何呢？」

「啊？」

「你是覺得自己無法成為一個好母親的想法造成了你的痛苦，並不是嬰兒。只要拋開這種讓你覺得走投無路的想法，我相信你的心情一定會變得輕鬆。」

女人瞪大眼睛。

「這……」

「我可以做到得，因為我是魔法師。」

十年屋笑了笑，從西裝背心的口袋裡拿出一根吸管，然後吹了一口氣，立刻吹出了一個大泡泡。

十年屋讓泡泡在女人面前飄浮著，對她說：

「你把你目前的想法都丟進這個泡泡，所有難過、痛苦、煩躁和憎恨，把那些所有你不想擁有的情緒全都放進這個泡泡中，你可以做到吧？」

「我、我來試試。」

「那請你閉上眼睛，釋放自己的心。」

女人閉上了眼睛，十年屋小聲唱了起來。那是只有十年屋會唱的時間魔法歌。

勿忘草呀時鐘草，阻擋時間的流逝。
木香花呀長春花，編織一個十年籠。
收藏人們的回憶，穿梭過去和未來。
淚滴轉變成微笑，懊惱痛苦變溫和。
收束來保管，好好來守護。

當他唱完時，泡泡中有很多黑色像泥土般，又像煙霧般的東西在翻騰。

「沒想到……累積了這麼多負面情緒，難怪你會這麼痛苦，而且感到厭煩。」

茨露婆婆看到這些黑暗的感情，也忍不住感到驚訝。那個女人擺脫了這些黑暗的感情後，身體立刻發生了變化。雖然她仍然面容憔悴，但雙眼露出了充滿活力的光芒。

女人好像擺脫惡夢般嘀咕說：

「我……之前為什麼會一直鑽牛角尖。既然沒有工作，就應該努力找到有工作為止；既然被趕出公寓，那就應該去找更好的房子才對啊。」

「你終於想通了嗎？」

「對，現在的心情……很輕鬆，我覺得自己可以做到任何事。因為我有這個孩子……」

女人露出燦爛的笑容，親吻了抱在懷裡的孩子，簡直和前一刻判若兩人。

女人欣然支付了一年的時間，帶著愉快的表情離開了。

店裡只剩下十年屋和茨露婆婆時，他對茨露婆婆笑了笑說：

「茨露婆婆，你的演技太逼真了，她真的很害怕你會把嬰兒變成絨毛娃娃耶。」

「嘿嘿，我在聽你說明情況時，就想到了這個好主意。太好玩了，偶爾當一下心狠手辣的老太婆也不錯。但是，你這次做了賠本生意呢。」

「是嗎？」

「當然啊。」

茨露婆婆指著裝滿黑色東西的泡泡說：

「不管是一年後還是十年後，那個母親絕對不會來領回去。你要怎麼辦？這種東西即使放在店裡也賣不出去啊。」

「到時候可以請你用魔法把它變成美好的東西嗎？」

「我拒絕，我才不想碰這種黑暗的東西，它會弄髒我的剪刀。」

「別這麼說嘛，我只能靠你了。沒關係，我們十年後再來考慮要怎麼處理吧。」

十年屋說完，把那個泡泡帶回自己店裡。

✲

「情況就是這樣，茨露婆婆說對了，那個女人果然沒有來領回去。」

十年屋開心的笑了起來，客來喜聽了之後，愁眉苦臉的說：

「既然這樣，就意味著它正式變成你的東西了喵。……你打算怎麼辦喵？」

「總之，先放在店裡看看，希望會有客人想要買這個。」

「我覺得絕對不可能喵。」

「我認為你這種負面的想法不太好。」

「老闆，是你太正向了喵。現在該怎麼辦喵？搞不好會一直、一直留在店裡喵！」

「不會有這種事，一定可以賣出去，你不用擔心。」

十年屋在和客來喜你一言，我一語時，嘴角仍然帶著微笑。

既然這個泡泡還留在十年屋，就代表那個女人和那個嬰兒一切很順利。不，他現在已經不是嬰兒，而是一個小孩子了，那個女人應該也成為一個堅強的母親，努力工作，深深愛著自己的孩子。希望他們母子能夠露出幸福的笑容。

魔法師不會和特定的人有任何交集，也會極力避免干涉他人的人生。

但是，魔法師可以希望別人得到幸福。

6 變色魔法師

「叮鈴鈴。」清脆的鈴聲響起。

那是掛在店門上的鈴發出的聲音，似乎有客人上門了。

正在後方櫃臺下棋的十年屋和管家貓客來喜立刻起身，收起了棋盤，把喝到一半的檸檬汁收了起來。

十年屋在旁邊的大鏡子前迅速確認了自己的樣子。

「嗯！沒問題。」襯衫的領子和袖子都很挺，西裝背心和長褲也沒

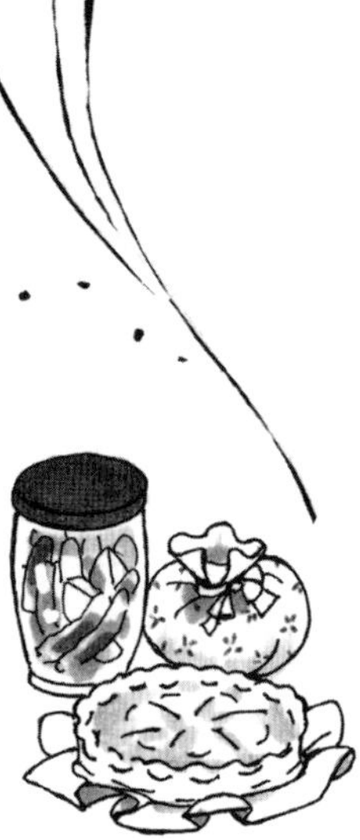

有污漬。」十年屋俐落的整理了脖子上暗紅色絲巾，「嗯，很好，完美無缺。」

這一人一貓挺直身體，等待著客人走進來。

十年屋店內堆滿了東西，客人無法從入口筆直走到櫃臺，而且因為走道上被好幾堆書擋住了，從櫃臺的位置根本看不到入口。

但是他們聽到了一陣腳步聲，那個略帶遲疑的輕盈腳步聲慢慢靠近。

不一會兒，一個矮小的人影從堆積如山的物品縫隙中出現了。

他看起來是個與眾不同的孩子，年紀差不多八歲左右，應該是一個男孩。外面並沒有下雨，但他穿了一件很長的水藍色雨衣，而且戴上了雨衣的帽子，腳上也穿著水藍色的長雨靴。

無論是他戴上雨衣的帽子，還是低著頭的樣子，都表現出他是一個內向害羞的孩子。

但是，最令十年屋感到驚訝的是，他在這個男孩身上感受到了「魔法」。

「你是……魔法師嗎？」

那個男孩用力點了點頭，但之後一直站在那裡沉默不語。

客來喜正想貼心的問他：「要不要喝檸檬汁？」有個東西跳到

了男孩的肩膀上。

那是一隻綠寶石色、差不多手掌大小的變色龍。變色龍骨碌碌的轉動著眼珠子，一口氣說道：

「對不起，他很沉默寡言，所以由我這個經紀人代表他發言。他的名字叫譚恩，是剛出道不久的變色魔法師，我是被他收服的動物『變色龍帕雷特』，請多指教。」

這隻變色龍的出現和自我介紹讓十年屋很驚訝，但他立刻露出笑容點了點頭。

「原來是這樣，我是十年魔法的魔法師，名叫十年屋，牠是我的管家貓，名叫客來喜，也請你們多多指教。」

「請多指教。」

「嗯，雖然譚恩看起來面無表情，也沒有說一句話，但他很高興能見到你們。因為你們是這條路上的大前輩，既然都在同一條路上開店做生意，以後要當好朋友。」

「同一條路？」

十年屋和客來喜互看了一眼。

許多魔法師都在這條黃昏小路二丁目開店，但從來沒有聽過有「變色魔法師」。所以……

「所以，你和譚恩剛搬來這裡嗎？」

「正是這樣，他決定要自己開店。雖然他的年紀還很輕，卻是個如假包換的魔法師，還找到了屬於自己的魔法能力，整天居無定所似乎也不太好。」

「那倒是。」

「這條小路角落不是有一塊空地嗎？自治會的爺爺同意我們可以在那裡開店，所以今天來張羅各種開店需要的物品，那幾個爺爺異口同聲的說，如果要找材料，當然首推十年屋。」

十年屋聽了帕雷特的話，點了點頭。

「原來是這樣，那就請隨便看，慢慢逛沒關係。」

「謝謝。譚恩，你也要謝謝老闆。」

「萬……萬分感謝……」

變色魔法師第一次開了口，他說話很小聲，幾乎快聽不到，但清澈的聲音讓人聯想到銀鈴。

「我們在後面，如果看到什麼喜歡的東西，可以隨時叫我們。」

十年屋和客來喜決定到店鋪後方房間，以免打擾譚恩和帕雷特。

兩位小客人仔細打量店內，差不多兩個小時後，才聽到帕雷特吆喝著：「老闆，請你過來一下。」

十年屋和客來喜來到店內，坐在譚恩肩上的帕雷特開心的指著放在角落的東西說：

「我們決定買這個。」

「酒桶嗎？」

那個大酒桶差不多和譚恩一樣高，原本是用來釀蘋果酒的酒桶，已經很破舊了，但譚恩似乎真的很中意它，從雨衣帽子下露出的嘴角帶著一抹微笑。

「還有這張網子和金魚缸。」

「這張漁網？」

十年屋忍不住偏著頭。買金魚缸也就罷了，那張用來打漁多年的漁網沾滿了魚腥味和海水的味道，沒想到他竟然想要這種東西，真是太與眾不同了。

但既然客人想要，十年屋也沒必要多說廢話。

十年屋點了點頭說：「當然沒問題。」

「太好了，一共多少錢？不瞞你說，我們身上並沒有太多錢，如果你可以算便宜點，我們會感激不盡。」帕雷特一臉擔心的說。

帕雷特身體的顏色也從鮮豔的祖母綠色變成了淺棕色，不知道是不是反應了牠的心情。

十年屋搖了搖頭說：「魔法師和魔法師做生意，會用自己施了魔法的東西來支付，也就是以物易物，所以譚恩……請你送我某種魔法物品，可以嗎？」

「可以……」

沒想到譚恩開口回答了十年屋的問題，雖然聲音很小聲，但並不是柔弱無力的樣子。

帕雷特再度開口說：「那我們可以從這裡挑選一種材料嗎？我再次說明，譚恩是『變色魔法師』，他的魔法就是把人或是東西變成各種顏色，但沒辦法憑空創造出色彩。」

「好啊，沒問題。」

「謝謝。譚恩，老闆同意了，你趕快決定要用什麼東西變出什麼顏色吧。要變出適合老闆的顏色喔！」

「嗯……」

譚恩和帕雷特在十年屋和客來喜的注視下，在店內走了一圈。

「這個、不錯……」他指著一個很大的泡泡說道。

那個泡泡像氣球一樣懸在半空中，也沒有破掉，裡頭有黑色黏稠的東西流來流去，既像是爛泥，又像是霧，一直注視著這個泡泡，心情會越來越沮喪。

帕雷特的身體立刻變了顏色，變成了充滿警戒的檸檬色。

「譚恩，你怎麼選了這麼可怕的東西。呃，這是什麼啊？看了心情就越來越越沉重。」

「但是……我想我可以把這個變成很漂亮的顏色。」

「嗯……既然你這麼說，應該就是這樣吧。」

帕雷特嘆了一口氣後，對十年屋說：

「你也聽到了，他中意這個，可以把它變成其他顏色嗎？」

十年屋還沒有回答，站在他身後的客來喜就熱心的小聲說：

「老闆，趕快同意喵，剛好是解決這個麻煩的大好機會喵。」

「客來喜，你也未免太直言不諱了。」

「現在沒時間裝模作樣喵，我討厭那個東西一直留在店裡喵，每次經過，心情就超差，尾巴和鬍子都會垂下來喵，拜託了喵。」

十年屋在客來喜的央求下，苦笑著點了點頭。

「知道了，知道了。呃，譚恩、帕雷特，我原本就不知道該如何處理這個商品，如果可以變成其他東西，真是求之不得。」

「太好了，譚恩，那就開始吧。」

「嗯……」

譚恩點了點頭，拉下了雨衣的帽子。

十年屋和客來喜都忍不住小聲驚叫起來，並不是因為帽子下出現一個像天使般可愛男孩，而是他的頭髮閃著七彩光芒——有金、橙、紅、綠、水藍色、紫色和白銀色。

以一個男孩來說，他的頭髮稍微有點長，四周明明沒有風，但他的髮絲卻輕輕的飄動著；隨著頭髮的飄動，這些顏色混和在一起，產生了一種新的顏色。

男孩的彩虹色頭髮美得無法形容，連十年屋也說不出話來，客來喜的眼睛更是瞪得像雞蛋那麼大。

譚恩在十年屋和客來喜的注視下，用充滿自信的聲音唱了起來，和剛才判若兩人。

春天原野花滿開，歡天喜地隨手摘，
黃色油菜花，紫色紫羅蘭。
夏天樹林開滿花，歡天喜地去尋找，
藍色鳶尾花，深紅色草莓。
秋天山林果實多，歡天喜地來撿拾，
紅色的落葉，金色的橡實。
冬天森林樹木多，歡天喜地去尋寶，

銀色槲寄生，綠色的木樨。
蒐集滿滿的寶物，一起拿來送給你，
滿懷鮮豔的色彩，讓你心滿又意足。

這個小魔法師一邊唱著魔法歌，一邊輕輕伸出雙手，碰觸了眼前的泡泡。

「啵。」泡泡破了，裡面的東西似乎快滿出來了。

但那些東西並沒有真的滿出來，泡泡裡的黑色東西漸漸被吸到譚恩的雙手中，越來越小。然後……

當他唱完歌時，他的手掌中出現了一個小瓶子。

小瓶子裡裝的是色彩很神奇的墨水。雖然是黑色的，卻顯得滋潤而平靜，裡頭有無數小小的銀色粒子在閃爍，宛如一顆顆黑珍珠。那種沉穩而高雅的顏色很難用簡單的文字形容。

雖然仍是黑色的，但絕對不是會污染內心的黑色。

譚恩把剛完成的顏色出示在十年屋面前，戰戰兢兢的說：

「你覺得……這樣可以嗎？」

十年屋吐了一口氣，露出了微笑。

「好漂亮的顏色，我很喜歡。」

「太好了……」

譚恩終於露出了笑容，當他笑的時候，變得更加可愛了。

但是，他立刻戴上雨衣的帽子，遮住可愛的笑容。變色龍帕雷特語帶歉意的說：「請兩位不要介意，他真的很害羞。」

「別擔心，我們完全不介意，只是覺得很可惜，因為他長得很可愛。」

「我也一直這麼告訴他，但他完全不聽。啊，先不說這些，這種墨水可以用在任何地方，只要在衣服上或是小飾品上滴上一滴，就立刻可以把東西染成這種顏色。」

「原來如此。既然這樣……我正好沒有黑色的絲巾，那就馬上來染一條吧。」

「嗯，請你務必試試看。……所以，這個酒桶和漁網屬於我們了，對不對？」

「當然，因為你們已經支付了費用，要不要幫你們把漁網放進酒桶裡，金魚缸另外裝在袋子裡？」

「不，不用了，我們有背包，裝進背包就行了。」

譚恩在雨衣內背著一個背包。

十年屋幫忙把金魚缸裝進了背包，然後把裝了漁網的酒桶也搬到了門口。因為酒桶很重，他忍不住問：

「這個酒桶很大，也很重，要不要我幫你們搬？」

「不用了，我們會一路滾回去，對不對，譚恩？」

譚恩用力點了點頭。

客來喜上前一步，遞上一個薰衣草色的紙包。

「這個請收下喵，裡面是棉花糖喵。」

「啊，要送我們嗎？」

「對喵，因為剛才來不及請你們喝茶吃點心，所以至少要讓你們帶伴手禮回家喵。」

「是喔，太高興了。譚恩，趕快說謝謝。」

「謝謝……」

「我們才該謝謝你們喵，下次再來玩喵。」

客來喜似乎對那個可怕的泡泡消失感到異常高興，牠的鬍子都豎了起來。

小魔法師滾動著大酒桶離去了。

十年屋和客來喜目送他們的背影離去後，一起回到店裡。十年屋興奮的把玩著手上的小瓶子。

「那就馬上用這個墨水來染色吧。我先來染絲巾，這個顏色的鞋子應該也很好看。客來喜，你有什麼想染的東西嗎？」

「有，當然有喵。」

呵呵呵，客來喜調皮的笑了起來。

✲

一個星期後的某天下午，十年屋和管家貓客來喜鎖上店門，一起出門了。

十年屋一身平日的裝扮，搭配了很適合秋天的落葉色絲巾。客來喜也像平時一樣穿著黑色背心，繫著漂亮的深紅色領結。

他們都披著相同的出門專用斗篷，這件高雅的斗篷很長，領子豎了起來，用一枚金色的釦子扣住領口，但最引人注目的是斗篷的顏色。

那是非常罕見的黑珍珠色，顏色很深沉，卻完全沒有陰森的感覺，宛如星星閃爍的夜空般絢麗奪目。

「客來喜，你穿這件斗篷很好看。」

「老闆，你穿起來也很好看喵。」

他們相互稱讚後，十年屋拿起沉重的籃子走出店外，客來喜鎖好了店門。

他們感情和睦的一起在街上走著，準備前往黃昏小路二丁目的街尾，準備去拜訪最近剛搬來這條小路上的魔法師。

一人一貓走在石板路上，穿越迷霧，走了五分鐘左右，就來到小路的街尾。

那裡原本是一塊巴掌大的空地，如今出現了一棟房子。

「哎呀哎呀！」十年屋滿臉笑容。

那是一間用大酒桶改造而成的房子。橫放的酒桶上開了一道門，上頭還有一個圓形的窗戶，房子上方還有一根煙囪，整棟房子先塗了白色底漆，然後再塗上了一塊塊五彩繽紛的顏色，簡直就像彩色的魚鱗。

「看起來好像一條魚喵！這是彩虹魚喵！」

客來喜語帶佩服的說這句話時，門打開了，一個穿著雨衣的男孩走了出來，手上拿了一塊大牌子，小小的變色龍坐在他的肩膀上。

「咦？」

變色龍帕雷特立刻大叫起來。

「這不是十年屋的老闆和管家的貓先生嗎？你們怎麼會在這裡？」

「因為你們搬來橫町，所以我們要來正式拜訪一下新鄰居。我再重新自我介紹一下，我叫十年屋，請多指教。」

「你們還特地來打招呼，真是太客氣了，也請你們多指教。譚恩，你也趕快打招呼啊。」

但是，變色魔法師譚恩默默不語，出神的看著十年屋和客來喜身上的斗篷。

十年屋察覺了他的視線，掀起了斗篷說：「怎麼樣？很好看吧？」

「原來你用了……」

「當然啊。我這個星期只要出門時都會穿上這件斗篷，大家都說很好看，每個人都問我斗篷是在哪裡做的。」

「我也很喜歡喵，這是我最愛的衣服喵。」

「謝謝……」

譚恩回答的聲音雖小，但難掩內心的喜悅。

十年屋笑了笑後，轉頭看向酒桶屋說：

「你也巧妙的運用了本店的商品，我完全沒想到你會用酒桶做房子……該不會是請茨露婆婆做的？」

「對啊。」帕雷特回答，「你竟然一眼就看出來了。」

「因為茨露婆婆在這方面的才華無人能比，我很想看看裡面，可以嗎？」

「沒問題，我們要把這塊牌子豎在門口，你們進去隨便看。譚恩，沒問題吧？」

「嗯……請進……」

「那就打擾了。」

譚恩和帕雷特走出來後，十年屋和客來喜走進了酒桶屋。裡面是舒服的房間，差不多和十年屋的會客室一樣大，地面鋪了地板，所以很平整。

屋內有一個既可以當作暖爐，也可以用來煮菜的小鐵爐，還有一個小餐櫃，一張圓桌和兩張椅子。

後方有一張吊床，天花板還掛了一個大金魚缸，五顏六色的光粒在金魚缸裡像熱帶魚一樣游來游去，投射出柔和的光。

牆壁上有許多架子，架子上放著裝了各種顏色的小瓶子，每個小瓶子都散發出像寶石般的魅力。雖然目前小瓶子的數量還不多，但應該很快就會放滿所有的架子。

十年屋語帶佩服的說：

「茨露婆婆果然厲害，太出色了，完全是適合變色魔法師住的房子！客來喜，你不覺得嗎？」

「我當然也是這麼覺得喵！我也想住在這樣的房子裡喵。」

「喂喂喂，你不是已經有自己的房間了嗎？大小也和這裡差不多啊，而且我不是已經和你說好，下次要買一張新床給你嗎？」

「這完全是兩件事喵。」

「真是夠了，我的管家真貪心啊。」

十年屋和客來喜聊著這些話題，走到屋外，剛好看到譚恩把招牌打進房子前的地面。

十年屋探頭張望，發現牌子上寫著「把顏色送給你變色屋」，而且每一個字的顏色都不同。

「這塊招牌也很適合這個魔法師。」十年屋露出了微笑。

「這棟房子太漂亮了，招牌也很出色。」

「謝、謝謝你……」

譚恩停頓了一下，開口說：

「那個……那、那個……你們、要不要喝茶？」

「要。客來喜，對不對？」

「是喵。對了，你不把籃子交給他們喵？」

「對喔，我完全忘了這件事。」

十年屋把帶來的籃子遞給譚恩。

「這是帶給你們的蘋果派和醃蔬菜，還有一些小東西，如果不嫌棄，請你們收下。」

譚恩接過很重的籃子，身體搖晃了一下。他可能沒想到十年屋會送這些東西，雖然張著嘴，但說不出話。

帕雷特很有精神的說：

「太好了，譚恩很愛蘋果派，我愛吃醃蔬菜，真的太感謝了。」

「既然是住在同一條街上的鄰居，當然要相互幫忙，建立良好的關係。」

「聽你這麼說，真是太安心了。譚恩，趕快為客人泡茶啊。」

「喔，喔……」

譚恩慌忙開始泡茶，但他看起來很高興。十年屋和客來喜也露出溫柔的眼神看著他。

尾聲

某份地方報紙在某天做了一個專題報導——

目前本市最受矚目的人物，當然非二十八歲的甜點師雪蘭・洪童娜莫屬。她在甜點界大展身手，今年三月負責製作皇太子殿下訂婚派對的甜點，更進一步打響了她的知名度。

洪童娜小姐製作的每一款蛋糕都是藝術品，尤其是去年在裱花蛋糕比賽中獲得冠軍的蛋糕，至今仍然成為大家談論的話題。

她在三層蛋糕上使用水藍色的鮮奶油做成海浪，搭配用糖膏做成貝殼，最上方則是一艘用桃仁糖膏做成的月牙船，上頭還用了可愛的糖人做的貓和美人魚。

這款命名為「貓與人魚搭船遊」的蛋糕獲得了比賽有史以來的最高分，也讓洪童娜小姐一舉成名。

最令人稱道的是洪童娜小姐完全沒有為自己的成就感到驕傲，她仍在甜點這條路上持續鑽研。

「製作蛋糕這條路沒有終點。」洪童娜小姐堅定的說，「就好像走樓梯一樣，走上一階樓梯之後，就要繼續再往下一階邁進。您問我的夢想是什麼嗎？我希望有朝一日，可以做出最出色的蛋糕請我的朋友吃，所以在那之前我還要繼續努力。」

雖然記者詢問洪童娜小姐，這位朋友是誰，她只是笑了笑，並沒有回答，只說是「一位戴領結很好看的朋友」。

雖然這個神祕人物很令人好奇，但相信洪童娜小姐的蛋糕絕對會越來越出色，太令人期待了。

推薦文

穿越時空，叩問你內心深處的《魔法十年屋》

◎文／林怡辰（彰化縣二林鎮原斗國中小國小部教師）

「廣嶋玲子應該有參與會考作文命題吧？」

《神奇柑仔店》和會考題目：「我想開一家這樣的店」靈魂神似。而新的系列作《魔法十年屋》，竟然讓人閱讀時，不斷想起「未成功的物品展覽會」的會考題目。

物品總有消逝的一天，只是人們就是矛盾的生物，對於眼前的物品，它承載的情感，不捨、愛戀、情緒、怨恨、逃避……無法丟棄，也不能留，好想好想找個地方，可以幫我保管，暫時消失，但卻又可以取回。有這樣的地方嗎？

魔法十年屋就是這樣的地方，由魔法師十年屋和一隻可愛的小貓客來喜，誠摯的為你服務。你如果擁有想要保存的物品，意念和執著會通知魔法師，讓你收到邀請函。你的物品會無暇完好的被保存十年，十年後會通知你取回，提早拿回，也不是問題。

可相對於《神奇柑仔店》的微薄金錢代價，魔法十年屋就沒有這樣好心——幫你保存的十年，但你得付出「一年」的時間，就是「一年的壽命」！

故事的反差就此展開，在高昂代價面前，委託人反覆思考，細細斟酌，那些情緒、愛戀、難以割捨的愛，和自己整整一年的壽命，放上天平的兩邊，秤了又秤，平衡了又平衡，然後與魔法師簽了協議書。

故事的設定帶來了人生百況的滋味，有人保存了稍縱即逝的雪人、捨不得吃掉的美人魚畫糖、情人拍攝的相片簿、想要丟掉孩子的情緒、意義非凡的懷錶和祕密寶盒，還有一雙腿……

這些物品的背後，有形的是物品的本身，樣貌、顏色、大小、形狀、特殊之處，無形的卻是牽掛、執著、愛戀、情感、意義、夢想、依賴……有光亮也有黑暗、有愛戀當然也有毀滅。

跟著一件件物品的故事展開，跟著廣嶋玲子在魔法十年屋這樣的物品故事展覽會中，進出他們的故事和人生，看見那些寄託在物品上的情緒和感情，跟著故事軸線，溫暖又警世，總是帶來省思和震撼，千迴百轉，還有新意的驚喜，最後，以人性作結。

不管是否猜中會考的題目，好的文學作品，總是讓我們穿越時空限制，留下生命的省思。當我們跟著書中每個主角，簽下願意用一年生命託管十年物品的契約，文字幾行後，穿越十年，重新拿回物品時，我們也可以問問自己：如果你在魔法十年屋前，你想託管的，又是什麼呢？

推薦文

真誠，才是獲得關注的唯一解藥

◎文／李儀婷（薩提爾教養．親子溝通專家）

只要一提到日本作家「廣嶋玲子」，幾乎就是創作上質量的保證。繼受大受歡迎的「神奇柑仔店」系列後，甫推出的新系列「魔法十年屋」一樣精彩，想像力驚人，相信一定能再次成功攫住讀者眼球。

魔法十年屋系列故事軸心為「任何東西都能幫你保留十年」，以孩子成長過程會遭遇的情景為織網，一點一滴的交織出關於親情、自我期許、懊悔、放棄、執著、人際關係等六大成長議題故事。

故事從「母親生前留下的兔娃娃」一路編織起孩子長大的過程裡，有著太多捨不得丟棄的記憶；成長過程中使用過的「小提琴」——雖然用不到了也捨不得送人；還有長大後失戀時男友為自己拍攝的「相簿」，這些林林總總的物品，充斥著我們的成長過程與生活，將我們的空間堆積得密密麻麻，想割捨卻又捨不得。

其中，我最驚豔的是〈悲劇的腿〉。故事完全跳脫「物品」的概念，隔空架接了「身體」的物權。對過去的物品要學習割捨，我們能理解，但對自己身體割捨，這是一個什麼樣的概念？

原來作者廣嶋玲子運用「割捨自己的身體」為包裝，探討孩子「說謊成癮」的核心。每個孩子在成長的過程中，或多或少曾「說謊」，只是成因不同，次數不同的差異。「說謊」，在薩提爾模式中，顯示出來的是應對姿態上的反應，為的就是「求生存」，而其內在的冰山是含有多層次的原因，例如這篇〈悲劇的腿〉主角亞娜，說謊之初僅僅是為了讓大家都能重視她。

有說謊經驗的人都知道，謊言的效果會一次比一次遞減，為了達到最好的效果，下一次說謊的內容，必須一次比一次還誇張，而亞娜也是如此。為了達到最巨大的效果，她連自己「正常的腿」都割捨了，換來「長滿魚鱗的怪腿」，而醜陋的魚鱗腳，居然真的帶來亞娜要的「效果」，受到所有人的「關注」，亞娜可開心了。然而這份關注，畢竟是用「謊言」換來的，完全沒有真誠與信賴的基礎可言，因此這份「關注」注定要走向失敗。

故事的過程中淋漓盡致的刻畫出說謊的後果，結局更充滿了悲傷，因為從亞娜開始說謊，並因此泯滅了善良，不惜拿自己健康的雙腳做犧牲，就注定會成為一個悲劇。雖然故事結局讓人不捨，卻同時給孩子不一樣的警醒，能深深牢記「為了達到目標而不擇手段的說謊，將為自己帶來巨大的傷害」。

魔法十年屋系列作品是一套讓孩子看了心有戚戚焉，讓父母看了更是不勝唏噓的人生展演場，讀者們無論年齡，都能從中故事中得到重要的人生的啟示。

推薦文

運用魔法工具，尋找生活正念解方

◎文／彭遠芬（臺南市國語文輔導團專任輔導員、閱讀推手）

從《神奇柑仔店》出版至今，廣嶋玲子的靈感始終源源不絕，每回闔上她那一本又一本讓我忍不住一口氣讀完的作品，都在在深感，這絕對不只是因為她的文學創作實力得天獨厚，更重要的是，想必她一定擁有一顆最澄澈真摯的心，不斷的在生活中的點滴幽微中自我磨礪，因著對多元人性的謙卑而心胸開闊，因著對天地萬物的重視而體察細膩──創意從來不是從石頭裡蹦出來的天外飛來一筆，而是對人、對生活細節關照珍視的涓滴累積。

「魔法」只是工具，而我深深的認為，《魔法十年屋》系列值得再次大力推薦，乃是因為作者在字裡行間所探討的，更是人生路上不可避免的成長議題。從自我認同、親子關係、人生遺憾、困境抉擇到夢想實踐，短短的幾個小故事，卻道盡了一個人從孩提時代一直到長大成人，無可避免的生命課題。

近代日本文學融入越來越大量社會關懷的元素，不僅透過故事，反映社會環境與人類心理的真實面貌，更以溫柔的筆觸，以及精心設計的結局，使廣大的讀者因而能感受到重生的嶄新力量。有人說，文學創作難，寫出讓兒童也能理解的兒童文學作品，更難；我相信廣嶋玲子便是懷抱著前者的精神，將後者的功力發揮得淋漓盡致，不只是敘事口吻，就連「對未來失去希望的單親媽媽」、「竭力在臨終前留下回憶」這樣普遍被認為不適合與孩子談論的主題，都能因為其引人入勝的說故事功力，而在每位讀者心上留下無限餘韻，不分年紀。

人類之所以深受神祕的力量吸引，乃是因為，在魔法棒揮動的瞬間，彷若一切生命中的空缺、空虛，都能再度圓滿，都能得到解答；而廣嶋玲子總是將孩子最真實的心理狀態，透過生動的角色呈現出來，小讀者們一邊閱讀，一邊能感覺被同理、被療癒，甚至在不知不覺之間，找出面對生活困境的正向解方，這是閱讀最寶貴的力量。特別是成長背景相對弱勢的孩子，當他們必須日復一日接受生活中嚴峻的挑戰，他們必定更能在《魔法十年屋》系列書籍中，感到被膚慰、感到被接納，這是閱讀本書時，最令我悸動之處。

寫成長歷程的心理變化、寫人際互動的純真情感，若我們有機會與孩子共讀，不妨與孩子聊聊：「如果我收到十年屋的卡片，我想帶著什麼東西走進店裡？」相信一場親子之間的交心旅程，必能自然展開。

廣嶋玲子在書末同樣巧妙埋下魔法街上有其他「魔法師」的伏筆，「把顏色送給你變色屋」由衷令人期待！

魔法十年屋2
我把時間送給你

作　　者｜廣嶋玲子
插　　圖｜佐竹美保
譯　　者｜王蘊潔

責任編輯｜楊琇珊
封面設計｜蕭雅慧
電腦排版｜中原造像股份有限公司
行銷企劃｜陳詩茵、葉怡伶

天下雜誌群創辦人｜殷允芃
董事長兼執行長｜何琦瑜
媒體暨產品事業群
總 經 理｜游玉雪
副總經理｜林彥傑
總 編 輯｜林欣靜　行銷總監｜林育菁
副 總 監｜李幼婷　版權主任｜何晨瑋、黃微真

出 版 者｜親子天下股份有限公司
地　　址｜台北市 104 建國北路一段 96 號 4 樓
電　　話｜（02）2509-2800　傳真｜（02）2509-2462
網　　址｜ www.parenting.com.tw
讀者服務專線｜（02）2662-0332　週一～週五：09:00~17:30
讀者服務傳真｜（02）2662-6048
客服信箱｜ parenting@cw.com.tw
法律顧問｜台英國際商務法律事務所・羅明通律師
製版印刷｜中原造像股份有限公司
總 經 銷｜大和圖書有限公司　電話：（02）8990-2588

出版日期｜2021年7月第一版第一次印行
　　　　　2024年9月第一版第十次印行
定　　價｜320元
書　　號｜BKKCJ071P
ISBN｜978-626-305-028-0（平裝）

國家圖書館出版品預行編目資料

魔法十年屋2：我把時間送給你／廣嶋玲子 文；佐竹美保 圖；王蘊潔 譯. -- 初版. -- 臺北市：親子天下股份有限公司, 2021.07
232面；17X21公分. --（樂讀456系列；71）
注音版
ISBN 978-626-305-028-0（平裝）

861.596　　110008932